Kambies Amini
Glamgore Angels

W0306613

Kambies Amini

Glamgore Angels

Roman

edition fischer

Die Handlung dieses Romans sowie die darin vorkommenden Personen sind frei erfunden; eventuelle Ähnlichkeiten mit realen Begebenheiten und tatsächlich lebenden oder bereits verstorbenen Personen wären rein zufällig.

Bibliografische Information der Deutschen Nationalbibliothek
Die Deutsche Nationalbibliothek verzeichnet diese Publikation in der Deutschen Nationalbibliografie; detaillierte bibliografische Daten sind im Internet über http://dnb.d-nb.de abrufbar.

© 2022 by edition fischer GmbH
Orber Str. 30, D-60386 Frankfurt/Main
Alle Rechte vorbehalten
Titelbild: Prince of the Galaxy, Collage von Kambies Amini
Schriftart: Palatino 11 pt
Herstellung: ef/bf/2B
ISBN 978-3-86455-642-5

Gewaltig ist das Schweigen des verwüsteten Gartens …

(Aus dem Gedicht *Helian*
von Georg Trakl, Sammlung 1909)

1. Kapitel

Marie stand mitten in der schwitzenden Menge in einem Underground-Club in Los Angeles. Einige johlten und grölten. Andere wiederum schienen wie erstarrt und befanden sich in einer Art Ekstase. Auf der Bühne stand Rob Zombie und sang *Living Dead Girl*. Sie glaubte zu träumen. Ihr Freund Sam hatte ihr vor Kurzem erzählt, es gäbe das Gerücht, dass Rob Zombie in einem kleinen Club auftreten würde. Während er den Titel sang, lief es ihr eiskalt den Rücken runter. Der Song und wie Zombie ihn ins Mikrofon krächzte, brachte genau den Schmerz zum Ausdruck, der sich gelegentlich bei Marie einstellte – als ob der Zeremonienmeister der Dunkelheit ihre Gedanken lesen könnte.

Sechzehn Jahre alt war sie jetzt, hatte ein filigranes Gesicht und kurze blonde Haare wie die junge Jean Seberg, die Augen mit Kajal nachgezogen und ein kleines Kreuz auf der linken Wange eintätowiert. Sie trug eine schwarze Lederhose, eine enge schwarze Lederjacke und rote Schnürstiefel.

Rob Zombies Texte waren Grenzüberschreitungen. Zumindest benannte er Dinge, die Marie berührten: Tod, Gewalt, Selbstzerstörung, Perversionen, Wut, Ekel, Traumata. Er war wie ein Katalysator, ein sadomasochistischer Schamane, der ihren Körper und Geist in ein Flammenmeer verwandelte. Es gab mit ihm jemanden, der zum Ausdruck brachte, was in ihr steckte. Rob Zombie war ein Fürst der Finsternis, der eine Katharsis verursachte, der Dämonen exorzierte und Marie in einen Schwebezustand versetzte, der ihr guttat.

Ihr Kumpel Sam war siebzehn und Teil der *Bretone*

*Skaterpark*Szene. Dort hing ein großer Teil der Subkultur rum: Punks, Metalheads, Emos, Goths, Autonome, Ausgestoßene des urbanen Irrsinns, Obdachlose, Junkies, Stricher. Marie sympathisierte zwar mit der Szene, war jedoch selten dort. Sie war die klassische Einzelgängerin: hochbegabt, vier Klassen übersprungen, lebte jetzt in Los Angeles in einem Studentenwohnheim, ohne richtigen Kontakt zu anderen zu haben, und studierte Biologie an der University of California. Sie war mit fünfzehn Jahren aus Santa Barbara nach Los Angeles gezogen und hatte zunächst einige Vorbereitungskurse an der UCLA absolvieren müssen.

Sam war ein schwuler Punk, Maries Verbündeter und Freund. Mit ihm hatte sie ihren ersten Sex. Denn sie wollte endlich ihre Jungfräulichkeit verlieren. Sie war fünfzehn, als es passierte, und da sie Sam liebte, wie man eben einen guten Kumpel liebt, konnte sie sich auch relativ entspannt darauf einlassen. Ab und zu schliefen sie seitdem miteinander. Marie hatte zwar kein Interesse an einem festen Freund, wollte aber durchaus gefickt werden. Sam wollte ebenfalls vögeln. Weil er eine besondere Nähe zu ihr verspürte und es für ihn eine gute Notlösung war, wenn sein Freund Skinny wieder monatelang mit seiner Punkband unterwegs war, wurden durch jenes Arrangement letztendlich Maries und Sams Bedürfnisse gleichermaßen befriedigt. Da Sam dabei mit einer guten Freundin schlief, die Skinny auch kannte, betrog er ihn nicht einmal; zumindest lautete so seine Logik. Marie war schließlich eine Frau. Die drei hatten sich im Skaterpark kennengelernt. Marie saß damals am Rande der Bahn auf einer Bank und schaute sich das wilde Treiben an, als Skinny und Sam sie ansprachen.

Marie war in Berlin geboren worden. Als sie fünf war, kamen ihre Eltern bei einem Unfall auf der Autobahn ums Leben. Sie standen im Stau und wurden von einem herandonnernden Lkw regelrecht zerquetscht. Man konnte sie nicht einmal mehr bergen, da sie mit dem Metall zu einer Einheit verschmolzen waren: ein Klumpen aus Schrott und Mensch. Da der Wagen fast die Form eines ein Meter mal ein Meter großen Würfels aufwies, blieb den Behörden nichts anders übrig, als jenes Objekt zu beerdigen. Aus umweltrechtlichen Gründen musste der Würfel vorher sehr aufwendig bearbeitet werden. Er wurde mit einem Kran in die vorbereitete Kuhle des Friedhofs eingelassen.

Marie hatte eine Tante in der Nähe von Los Angeles, die Schwester der Mutter. Sie nahm sie bei sich auf. Tante Lena war Biologin und lebte mit ihrem Mann Charles, gleichfalls Biologe, und ihren beiden Töchtern, India und Claire, in einem großen Haus in Santa Barbara.

Marie hatte mit ihrer neuen Familie Glück im Unglück. Es war eine tolle und angenehme Zeit bei den vier, die sie offenherzig aufnahmen. Charles war Professor und unterrichtete an der Uni in San Francisco. Er fuhr allerdings nur zweimal in der Woche dorthin. Die restliche Zeit war er zu Hause, hielt Vorträge oder beschäftigte sich mit seiner Kakteensammlung. Tante Lena unterrichtete Biologie an einer Schule in Santa Barbara. Mit India und Claire verstand sich Marie sehr gut, sie waren tolle Ersatzschwestern. Letztendlich waren sie allesamt Hippies, die auf einem großen Anwesen lebten und vieles selbst anbauten. Etliche Tiere liefen frei herum: Hunde, Katzen, Schafe, zwei Esel, ein Kamel, das Charles aus dem Zoo freikauft hatte, als es eingeschläfert werden sollte. Es stand den ganzen Tag nur in der Ecke herum und kaute. Manchmal kam eine Katze vorbei und biss es in die Wade. Bob, so hieß das Kamel, reagierte darauf nie. Hin und wieder ging Charles zu Bob und unterhielt sich mit ihm. Auch ein Kamel bräuchte schließlich jemanden zum Reden und eine liebevolle Ansprache, erklärte Charles, was bei den vier Mädels stets zu Lachanfällen führte. Claire und India, eineiige Zwillinge, drei Jahre älter als Marie, kümmerten sich um die restlichen Tiere.

Wenn sie abends alle fünf auf der Terrasse saßen, fühlte sich Marie sehr wohl ihrer Gegenwart. Charles erzählte dann gern von Bob und seinen Kakteen. Das tat er auf eine sehr unterhaltsame Art, indem er Bob nachzuahmen versuchte, was für viel Gelächter und Heiterkeit sorgte. Weil Charles ein großer Fan von Leonard Cohen war, verschwand er oft unvermittelt und tauchte kurz darauf mit seiner Gitarre wieder auf. Manchmal sang er etwas schräg, was für neues Gelächter sorgte. Seine kleinen Konzerte dauerten höchstens eine halbe Stunde. Länger war nicht möglich, da Charles Rotweinpegel schnell stieg. Marie saß die meiste Zeit nur still da und schmunzelte. Die anderen akzeptierten das, sie übten keinen Druck aus. Wozu auch, bei dem, was Marie erlebt hatte?

Dass Marie mit vierzehn plötzlich mit einem Kreuz auf der linken Wange auftauchte, schwarze Kleidung trug, sich stundenlang in ihr Zimmer zurückzog und Punk hörte, nahm die Familie ebenfalls einfach hin. Die Tätowierung war zwar gewöhnungsbedürftig, aber nun war sie eben da, daran ließ sich nichts ändern.

Marie war, sicherlich bedingt durch Charles, Tante Lena und das Leben auf dem Anwesen, sehr an Biologie interessiert. In ihrem Zimmer stand ein großer Schreibtisch, auf dem sich Bücher über Pflanzen, Insekten, Evolutionsbiologie, Genetik und die Galapagosinseln stapelten. Charles hatte ihr ein sehr teures Mikroskop geschenkt. Damit betrachtete sie alles Mögliche. Ihre große Liebe galt jedoch den Pflanzen, mit denen sie sich stundenlang beschäftigen konnte.

Maries Hochbegabung kristallisierte sich sehr schnell heraus, was für Lena und Charles keine große Überraschung darstellte, da Maries Mutter, eine Mathematikerin mit einem extrem hohen IQ, für die renommierte Fields-

Medaille gehandelt wurde, den inoffiziellen Mathematik-Nobelpreis.

Claire entschied sich für ein Studium der Philosophie, India für Kunst. Beide gingen nach San Francisco an die Uni. Da alle drei Mädchen innerhalb eines Jahres auszogen, war das für die Eltern am Anfang sehr schwer. Besonders bedrückend war es für Lena und Charles, die gerade mal fünfzehn Jahre alte Marie nach Los Angeles ziehen zu lassen. Immerhin trafen sich alle fünf einmal im Monat für ein ganzes Wochenende auf dem Anwesen. Es war stets eine wundervolle Zeit. Marie war jedes Mal dabei. Irgendwann brachten Claire und India jeweils ihren neuen Freund mit: Nathan und Noel, ebenfalls eineiige Zwillinge.

Manchmal, aber nur manchmal, kam bei den monatlichen Treffen, jedoch teilweise auch schon die Jahre davor, ein Gefühl von Unbehagen bei Marie auf. Es waren wenige Minuten oder eine halbe Stunde, in der sie vor sich hinstarrte und förmlich wegdriftete. Tante Lena registrierte das und musste ihre Tränen unterdrücken. Marie erinnerte sich in solchen Momenten daran, dass sie einmal Eltern hatte, dass ein Teil von ihr amputiert worden war; sie war eine Vollwaise, der Phantomschmerz kam durch. Marie schaffte es jedoch immer wieder sehr schnell in diese Welt zurückzukehren, landete im Hier und Jetzt, wo sie umgeben war von freundlichen Menschen.

2. Kapitel

Die Jahre an der Uni vergingen.

Als Skinny eines Nachts nach einem seiner Konzerte in Chicago noch alleine unterwegs war, traf er auf eine Gruppe Skinheads, die ihn tot prügelten. Sam verfiel in eine tiefe Agonie, suchte um Mitternacht den Skaterpark auf, leerte eine ganze Flasche Wodka und schoss sich den Kopf mit einer Schrotflinte in tausend Einzelteile. Bei Marie führte das zur Retraumatisierung. Um ihren Schmerz zu verarbeiten, entdeckte sie für sich das Ritzen mit Rasierklingen. Nach ein paar Monaten suchte sie allerdings, obwohl es ihr schwerfiel, eine Psychologin auf und konnte in den Sitzungen das erste Mal weinen. Das Ritzen gab sie bald wieder auf. Sie war jetzt einundzwanzig Jahre alt.

Er war ihr schon ein paar Mal aufgefallen. Lucien war aber auch nicht zu übersehen. Normalerweise liefen auf dem Campus immer dieselben Typen herum: Nerds, Hipster, Punks, Football-Spieler, muskelbepackte Ringer in Polohemden, schlanke Genies mit Nickelbrillen, die wie John-Lennon-Klone aussahen. Doch dieser Student war anders, was sich schon dadurch zeigte, dass er immer alleine auf einer Bank saß. Marie hatte ihn noch nie mit anderen zusammen gesehen. Er war ein wunderschönes, blasses Wesen, tätowiert, jedoch dezent, trug einen weißen Anzug und weiße Motorradstiefel. Eines Vormittags saß Lucien wieder alleine auf einer Bank. Da nahm Marie all ihren Mut zusammen und setzte sich wie in Zeitlupe neben ihn. Einen kleinen Käfer hatte er auf seinem Finger, den er betrachtete.

»Hallo, ich bin Marie.«

»Oh, sehr erfreut, ich bin Lucien.«

Er blickte kurz zu ihr und lächelte sie an, was bei ihr einen gefühlten Herzstillstand provozierte, da er so unglaublich attraktiv war und ein Lächeln besaß, das eine seltsame Mischung darstellte aus Schüchternheit und absolutem Selbstbewusstsein. Marie dachte zwar nicht in solchen Kategorien, aber es war für sie das Lächeln eines Siegers, eines jungen Mannes, der wusste, dass er die Welt beherrschte. Sie fand das äußerst faszinierend.

»Du interessierst dich für den Käfer?«

»Ja, Insekten finde ich faszinierend. Schon immer. Es wird angenommen, dass es dreimal so viele Insektenarten wie alle anderen Tierarten zusammengenommen gibt. Bislang hat der Mensch etwa achthunderttausend beschrieben und benannt; sicherlich sind drei-oder viermal so viele Arten noch gar nicht bekannt. Doch sind alle diese unterschiedlichen Formen Variationen eines einzigen anatomischen Grundmusters: ein Körper, der in drei verschiedene Abschnitte gegliedert ist.«

»Ja, stimmt«, erwiderte Marie und fand, dass er überhaupt nicht wie der typische Biologiestudent aussah.

»Die Insekten warten auf jemanden, der die nötige Zeit, Ausdauer und Kenntnis aufbringt, um einen systematischen Überblick zu liefern«, erklärte Lucien.

»Du studierst Biologie? Ich habe dich noch nie im Fachbereich gesehen«, wunderte sich Marie.

»Nein, ich studiere Informatik. Ich habe mich aber schon immer für Insekten interessiert. Eine faszinierende Welt!«

»Das stimmt.«

»Dann studierst du also Biologie?«, erkundigte sich Lucien, schaute zu ihr und lächelte sie wieder an. Sie erwiderte sein Lächeln und lief leicht rot an. Da betrachtete er jedoch zum Glück schon wieder den Käfer. Da tat Marie etwas, das sie viel Überwindung kostete.

»Vielleicht hast du ja Lust, dass wir uns irgendwann mal treffen und weiter über Insekten unterhalten. Ich gebe dir meine Handynummer«, sagte Marie und überreichte ihm ihre Visitenkarte. Sie mochte Visitenkarten. Es hatte etwas Edles an sich und einen altmodischen Anstrich.

»Ja, sehr gern. Marie? Den Vornamen gibt es ja auch in Deutschland«, erklärte Lucien.

»Stimmt, ich bin die ersten fünf Jahre meines Lebens in Deutschland aufgewachsen.«

»Ah, sieh einer an. Sprichst du auch Deutsch?«

»Nein, fast alles vergessen.«

Sie verabschiedeten sich. Lucien erhob sich und nickte ihr zu.

Wochenlang hörte sie nichts von ihm und hatte es auch schon aufgegeben. Warum sollte auch so jemand wie er sich für sie interessieren? Nach sechs Wochen aber klingelte ihr Handy. Es war dreiundzwanzig Uhr an einem Freitag.

»Ja?«

»Hallo, hier ist Lucien.«

»Ähm, Lucien, hallo. Ich hatte mit dir gar nicht mehr gerechnet.«

»Warum?«

»Na ja, es sind schon sechs Wochen vergangen.«

»Zeit wird völlig überschätzt.«

»Womöglich.«

Maries Herz klopfte. Sie hatte mit allem gerechnet, nur nicht mehr mit seinem Anruf.

»Marie, was hältst du davon, wenn wir uns heute sehen?«

»Heute?«, fragte Marie etwas ungläubig.

»Warum nicht? Um Mitternacht in der *Jet Bar* in Silver Lake.«

»Okay«, sagte Marie zögernd und Lucien legte auf. Ihr Herz raste, vor Freude, aber auch gepaart mit etwas Ärger. Was bildete der Typ sich eigentlich ein? Und warum sagte sie einfach so zu, anstatt sich interessant zu machen und das

Ganze zu verschieben? Sie konnte eben nicht anders. Also schnell unter die Dusche, schminken, ihre schwarzen Klamotten an, Taxi rufen.

Die *Jet Bar* befand sich am Rande des Stadtteils Silver Lake, leicht angepunkt. Sie passte zu Lucien und gleichzeitig überhaupt nicht. Er wartete schon an der Bar. Marie tippte ihm an die Schulter. Er drehte sich um und reichte ihr wie ein vornehmer englischer Lord die Hand, was Marie auch schon wieder amüsant fand.

»Marie, ich bin sehr erfreut, sogar hocherfreut.«

»Danke, ich auch.«

Sie schmunzelte über seine Wortwahl, die etwas von einer früheren Zeit an sich hatte, was sie aber als durchaus reizvoll empfand. Sie nahmen auf Hockern Platz und bestellten Cocktails.

»Es ist erstaunlich, Marie. Ich stamme auch aus Deutschland.«

»Was?«

»Ja, aber das ist eine andere Geschichte. Ich will dich damit nicht langweilen. Jetzt sind wir beide in Los Angeles in der *Jet Bar*. Alles andere ist unbedeutend«, erklärte Lucien.

»Unglaublich!«, gab Marie zurück.

»Na ja, die Welt ist klein. Wie alt bist du eigentlich, falls ich fragen darf? Ich hoffe, meine Frage ist nicht zu aufdringlich.«

»Nein. Ich bin einundzwanzig.«

»Ah, so alt wie ich.«

Mehrere Stunden unterhielten sich noch angeregt, dann küsste Lucien sie. Marie wurde regelrecht in eine Hypnose versetzt, die sie durch wärmende und elektrisierende Tunnel gleiten ließ. Danach verließen sie die Bar und fuhren in Luciens schwarzem Porsche Spyder in seine Ein-Zimmer-Wohnung, wo sie sich gegenseitig auszogen, küssten und Lucien ganz vorsichtig in sie eindrang. Er war ein fantastischer Liebhaber, der meisterlich mit seinem Schwanz umgehen konnte. Er war derartig groß und dick, dass Marie multiple Orgasmen erlebte. Sex mit Lucien zu haben, war wie unter Drogen gesetzt zu werden.

Marie und Lucien waren jetzt seit zwei Jahren ein Paar. Sie stellte Lucien Tante Lena, Charles, India und Claire vor. Bedient durch sein Aussehen und seine Wortwahl waren sie begeistert von ihm, auch wenn sie ihn etwas merkwürdig fanden. Lucien war es gewohnt, mit seiner überzeugenden, höflichen und charmanten Art Menschen zu beeindrucken. Hinzu kam, dass seine versierten Vorträge über Insekten bei Lena und Charles für bleibende Verwunderung sorgten.

»Lucien, sind Sie wirklich Informatiker oder Professor für Insektenkunde?«, fragte Charles jedes Mal erstaunt.

Marie fand die Kombination aus brillantem Geist, rhetorischer Versiertheit, sehr gutem und exotischen Aussehen, tollem Sex, dem gewissen Nerdtum und einer leichten Distanziertheit faszinierend. In diesem Jahr machte Lucien Marie einen Heiratsantrag. Sie nahm ihn an. Beide hatten ihr Studium inzwischen beendet und bezogen ein Penthouse im angesagten Stadtteil Silver Lake.

3. Kapitel

Manchmal sehnte sich Lucien nach der Endgültigkeit des Todes. Der Wunsch wurde jedoch schnell wieder unterdrückt durch die vielfältigen Erregungen, die ihn berauschten. Als er das erste Mal diese besondere Form von Spannung verspürte, konnte er sie nicht einordnen. Es beängstigte und irritierte ihn, aber dann gab es noch Neugierde, Atemnot, Zittern, Besessenheit, eine nicht beschreibbare Sehnsucht. Die Sehnsucht entsprang einer Tiefe, die dunkel und faszinierend war. Er konnte sie nicht wirklich zuordnen.

Diese Erregung, die in einen Rauschzustand überging, hatte er das erste Mal gespürt, als er ein Mädchen küsste. Als sich ihre Lippen berührten, wurden kleine Explosionen in seinem Kopf freigesetzt. Es war eine Mischung aus Betrunkenheit, Euphorie, Keuchen, Befreiung, Erlösung und Schwindel. Wärmewellen durchströmten seinen Körper, während er sich dem Zustand einer Symbiose hingab, die nie enden sollte. Ein Gefühl von Geborgenheit breitete sich von seiner Bauchregion ausgehend aus und durchflutete seinen ganzen Körper, jede einzelne Zelle.

Die Erregung, die in einen Rauschzustand überging, verspürte er auch, als er das erste Mal Sex hatte. Als sich die beiden Körper berührten, wurden kleine Explosionen in seinem Kopf freigesetzt. Es war eine Mischung aus Betrunkenheit, Euphorie, Keuchen, Befreiung, Erlösung und Schwindel. Wärmewellen durchströmten seinen Körper, während er sich dem Zustand einer Symbiose hingab, die nie enden sollte. Ein Gefühl von Geborgenheit breitete sich von seiner Bauchregion ausgehend aus und durchflutete seinen ganzen Körper, jede einzelne Zelle.

Eine Erregung, die in einen Rauschzustand überging, verspürte er auch, als er das erste Mal eine Barbiepuppe in der Hand hielt, als er das erste Mal ein Messer berührte, als er sich das erste Mal einen Minirock überzog und darin masturbierte, als ihm das erste Mal ins Gesicht und in den Mund ejakuliert wurde, als er sich das erste Mal eine Nadel in die Vene stechen ließ und das Heroin durch seinen Körper strömte, als er sich das erste Mal ritzte, als das erste Mal die Sonnenstrahlen von Los Angeles sein Gesicht berührten. Bei all diesen ersten Malen fühlte er sich lebendig. Er war in diesen Momenten der lebendigste Mensch auf dieser Welt. Wenn es eine Definition für lebendig gab, dann hatte er sie für sich kreiert.

Lucien war in Darmstadt als einziges Kind eines Ingenieurs und einer Landschaftsarchitektin geboren worden, dort aufgewachsen und zur Schule gegangen. Seine Eltern wussten nichts von den düsteren Welten, die sich in ihrem Sohn abspielten. Er unterschied sich von seinen Schulkameraden: ein blässliches, hageres Kind, das einem Fiebertraum eines tuberkulosekranken englischen Hofdichters hätte entsprungen sein können. Wunderschön war er und wirkte äußerst fragil, einer Porzellanpuppe gleich, die jeden Augenblick hätte zerbrechen können, als ob man in einem Labor eine Kreuzung aus dem jungen David Bowie, dem jungen Helmut Berger und einer Meißener Porzellanfigur vorgenommen hätte.

Er war ein Einzelgänger und interessierte sich für eine Vielzahl von Dingen, die in ihrer Kombination sonderbar anmuteten. Seine ganze Aufmerksamkeit galt der Informatik, Mode und Insekten –alles nichts, was unbedingt dazu führen musste, einen Freundeskreis um sich zu scharen. Seine Eltern nahmen es so hin. Sie waren beruflich beide sehr erfolgreich und viel mit sich selbst beschäftigt. Natürlich waren sie stolz auf ihren Sohn, der die Schule als permanenter Einserkandidat mit einer beängstigenden Lässigkeit absolvierte, was bei seinen Mitschülern viel Neid verursachte. Mobbing gehörte zu seinem Alltag, aber das schien an ihm abzuperlen. Immer schien alles irgendwie an ihm abzuperlen. Scheinbar. Einer der Jungen, die ihn schikanierten, ein gewisser Andy, verschwand eines Tages spurlos. Er wurde nie gefunden. Damals war Lucien zwölf Jahre alt.

Auch akzeptierte Lucien die Ehe seiner Eltern, die sich liebten und hassten, was für eine unschöne Atmosphäre daheim sorgte, da sie sich entweder oft stritten oder wochenlang anschwiegen. Im Haus herrschte dann eine bedrückende Stille, die auch beim gemeinsamen Essen oder an den Wochenenden bei der Gartenarbeit blieb, wie in einem Kloster, in dem man ein Gelübde ablegen musste. Das Schweigen hatte einen lähmenden Einfluss, es hing wie schwere Gewichte an Lucien. Das Nichtreden im Haus hatte die Wirkung einer riesigen Glasglocke, die sich über alles stülpte, wie ein Raumschiff, das über dem Haus schwebte und von dem permanent ein unangenehmer und bedrohlicher Summton ausging.

Dann ergab sich eine Möglichkeit, die alles verändern sollte: Für ein Jahr ging er als Austauschschüler nach Los Angeles. Dort hatte er auch seine erste Freundin. Sarah ging in die Parallelklasse. Sie lernten sich auf einer Party kennen, zu der ihn der Sohn der Gastfamilie überredet hatte. Vier Monate waren Sarah und Lucien ein Paar. Er war in einen anderen Kosmos katapultiert worden, der so ganz anders war als sein Zuhause. Dreihundert Tage im Jahr schien die Sonne, das Rauschen des Meeres, die Weite der Stadt mit all ihren Mythen, Legenden und Parallelwelten faszinierte ihn.

Nach zwölf Monaten kehrte er nach Darmstadt zurück, machte sein Abitur, legte alle Prüfungen für die USA ab, zog nach Los Angeles und studierte dort Informatik. Da lernte er Marie kennen. Es war so etwas wie Liebe auf den ersten Blick, falls der Begriff Liebe bei Lucien überhaupt anwendbar war. Zumindest gab es eine große Anziehungskraft zwischen zwei Außerirdischen, die alleine durch Raum und Zeit drifteten.

Marie leitete relativ schnell ein Labor für die Züchtung und Erforschung von Pflanzen, die wenig Wasser benötigten. Lucien war als Informatiker für ein großes Unternehmen tätig. Beim Vorstellungsgespräch saß den Führungsköpfen mit ihm kein typischer Informatiker gegenüber. Denn Lucien trug einen weißen, eng anliegenden Maßanzug, ein weißes Hemd, eine weiße Krawatte, weiße Motorradstiefel, schwarz lackierte Fingernägel. Seine Haut war an einigen Stellen mit Tätowierungen verziert. Unter seinem linken Auge befand sich eine Träne, an der rechten Seite seines Halses ein Totenkopf, die rechte Hand war mit Kreuzen, Schädeln und Tulpen geschmückt. Seine blonden Haare wiesen einen gegelten James-Dean-Look auf. Da Luciens Bewerbungsmappe aber nur aus sensationellen Zeugnissen und Empfehlungen seiner namhaften Professoren bestand und sich auch andere Firmen förmlich um ihn rissen, war das Unternehmen nur zu gern bereit, diesen Exoten aus Darmstadt einzustellen, was es auch zu keiner Zeit bereuen sollte, da er exzellente Arbeit ablieferte, stets höflich und zuvorkommend war, auch wenn immer eine gewisse Distanziertheit von ihm ausging.

Lucien war jetzt dreißig Jahre alt und arbeitete seit nunmehr sieben Jahren im Unternehmen. Marie hatte aus dem kleinen Labor ein ziemlich großes gemacht, das dank ihres Ehrgeizes und Wissens mittlerweile eine internationale Reputation aufwies. Marie und Lucien wollten keine Kinder. Sie waren beruflich zu engagiert, hatten ihre speziellen Hobbys und konnten mit Kindern einfach nichts anfangen. Freunde hatten sie nicht, da sie beide an Freundschaften nicht interessiert waren. Sie lebten zusammen, sahen sich jedoch manchmal tagelang nicht, weil Marie oder Lucien erst sehr spät von der Arbeit kamen oder jeder sich bereits in sein Arbeitszimmer zurückgezogen hatte. Sie mussten sich nicht oft sehen oder reden oder miteinander schlafen. Was sie verband, war das Wissen um die Existenz des anderen, das war für sie völlig ausreichend.

Einmal im Monat besuchten sie Tante Lena und Charles. Lucien wusste, dass das ein wichtiges Ritual für Marie war. Marie fuhr immer schon am frühen Samstag los, Lucien gesellte sich am Sonntag dazu. India und Claire hatten Nathan und Noel geheiratet und zusammen einen Haufen Kinder. India war eine bekannte Künstlerin geworden, Claire unterrichtete Philosophie an der Uni. Alle lebten in San Francisco.

Wenn Lucien abends oder gar nachts das Unternehmen verließ und mit seinem neuen Wagen, einem schwarzen Ferrari, über den Highway raste, ließ er seinen Blick über das Häusermeer schweifen. Manchmal musste er an seine Eltern denken und die Telefonate, die sie einmal im Monat miteinander führten. Ein allzu bekanntes Gefühl verfolgte ihn sodann für mehrere Tage: eine Mischung aus Schmerzen und Lähmung, bis der Zustand schließlich nachließ und wieder verschwand. Er hatte seine Eltern seit zwei Jahren nicht mehr gesehen. Sie wünschten sich sehr, dass er sie in Darmstadt besuchen käme, was er stets vor sich herschob. Es war wie ein Tumor, der in ihm wuchs und sich nach erfolgreicher Chemotherapie wieder verkleinerte. Eigentlich, so dachte Lucien, müsste er diesen Tumor für immer herausschneiden. Während er Gas gab, betrachtete er die langsam untergehende Sonne, wobei ihn die vielfältigen Eindrücke der Millionenmetropole berieselten: gläserne Rundtürme, Reklameschilder, Mariachi-Musik, Bars, Hotels, Skater, Obdachlose, Galerien, Golfplätze,

Kathedralen, Kinos, Superman, Donald Duck, Hollywood, Bodybuilder, Hipster, Frankenstein, Swimmingpools, verspiegelte Fenster, Klimaanlagen, Ornamente, Palmen, Surfer, Fassaden, Illusionen, Einsamkeit, Drogen, Seitengassen, Blechlawinen, Hip Hop, der aus Autos dröhnte, Prostituierte, Rentner, Zuhälter, Stricher, Celebritys, Büroangestellte, Supermärkte.

4. Kapitel

Zwei Monate später entschied er sich doch dazu, seine Eltern in Darmstadt zu besuchen. Während er im Flugzeug saß und sich ein Glas Champagner servieren ließ, musste er über einen Anruf nachdenken, den er damals in Darmstadt im Haus seiner Eltern erhalten hatte, als er zwölf Jahre alt war. Er war gerade von der Schule gekommen, seine Eltern waren noch bei der Arbeit.

»Hallo?«, fragte er.

»Hallo, hier ist Speed«, sagte eine ihm unbekannte Stimme.

»Hmm, ich kenne Sie nicht«, antwortete Lucien.

»Ich weiß, Kleiner.«

»Was wollen Sie?«

»Bist du nicht der Typ, der im Wald Insekten beobachtet?«

»Kann sein«, sagte Lucien irritiert.

»Ja, du bist der Typ, der im Wald Insekten beobachtet«, insistierte der Unbekannte.

»Ja«, erwiderte Lucien zögernd.

»Insekten sind faszinierende Lebewesen: unterschiedliche Formen und Farben. Die einen fliegen, die anderen hüpfen, wieder andere verändern ihr Aussehen.«

»Und?«

»Insekten. So viele verschiedene Arten.«

»Was wollen Sie von mir?«

»Ich weiß auch noch andere Sachen über dich«, erklärte Speed.

»Was denn?«

»Ich weiß, dass du deinem Schulkameraden Andy im Wald aufgelauert hast.«

»Nein, das habe ich nicht.«

»Doch, das hast du. Dann hast du ihm ein Messer in den Hals gerammt. Er ist wie ein Schwein verblutet, während du daneben gestanden bist. Du hast nichts unternommen. Ich bin dir dankbar dafür. Andy war ein Arsch. Auch mein jüngerer Bruder Malte ist jahrelang von ihm tyrannisiert worden. Respekt, Kleiner! An dem Tag war ich auch im Wald, weil ich dem Scheißer alle Knochen brechen wollte. Aber gleich abschlachten? Respekt, Alter, Respekt!«

»Ich weiß nicht, wovon Sie sprechen«, erklärte Lucien.

»Hör zu, Kleiner, keine Sorge, ich will dich nicht erpressen, ganz im Gegenteil. Ich werde immer in deiner Schuld stehen. Egal, was du von mir willst oder brauchst, ruf mich an. Ich werde für dich da sein, keine Fragen stellen. Andy hast du mit einer Schubkarre zu einer kleinen Höhle geschoben, ihn dort abgeladen und alles mit Laub und Ästen bedeckt. Nicht schlecht für so einen Knirps! Ich bin jedoch auf Nummer sicher gegangen und habe den Pisser dort rausgeholt und entsorgt. Eine kleine Dienstleistung ...«

»Hmm.«

»Mi casa es su casa, pass auf dich auf. Ich gebe dir meine Telefonnummer durch.«

Lucien hatte sich die Nummer notiert. Am nächsten Tag war er zu dem Versteck gegangen. Doch Andys Leiche war verschwunden. Lucien hatte danach nie wieder etwas von Speed gehört.

Während er aus dem Fenster des Flugzeugs in die Finsternis schaute, die sich unter ihm auftat wie ein schwarzer Brei, wie Lava, die ins Höllentor floss, musste er an seine Eltern denken, was bei ihm Kopfschmerzen auslöste. Er stand auf, ging zu einer der Toiletten und praktizierte ein Ritual, auf das er hin und wieder zurückgreifen musste, wenn er unter starkem Druck stand. Er schloss die Tür, stöpselte einen Kopfhörer in sein Handy und schaute sich einen Porno mit Transsexuellen an. Dabei masturbierte er. Kurz bevor er kam, nahm er das Messer vom Abendessen und ritzte sich seinen linken Unterarm. Das Blut floss, er ejakulierte gegen den Spiegel und kam endlich zur Ruhe. Lucien verband seinen Unterarm, machte alles sauber und setzte sich wieder an seinen Platz.

Diese Selbstverletzungen fügte er sich seit seinem fünfzehnten Lebensjahr zu, allerdings höchstens zweimal im Jahr, sodass alles relativ gut abheilen konnte. Die Narben blieben natürlich. Marie wusste davon, ließ ihn aber gewähren, da sie mit ihrem Vorschlag, einen Therapeuten aufzusuchen, bei ihm auf taube Ohren stieß. Von seiner Transsexuellen-Obsession wusste sie indes nichts.

Am Frankfurter Flughafen empfing ihn seine Mutter. Sie sah nicht gut aus. Sie fuhren zusammen nach Darmstadt. Zu Hause begrüßte ihn sein Vater und unterdrückte dabei seine Tränen. Beim Abendessen berichtete Lucien von seinem Leben in Los Angeles, aber seine Eltern wirkten abwesend. Sie hatten sich offensichtlich wieder gestritten und versuchten, ihr Schweigen zu unterdrücken, versuchten Lucien vor etwas zu verschonen, vor dem man niemanden verschonen konnte. Nachts lag er in seinem alten Zimmer und starrte an die Decke, an der seltsame Schattenfragmente herumflirrten, wie Botschaften aus einer anderen Welt.

Lucien stand auf, ging in die Küche, zog ein Messer mit einer riesigen Klinge aus der Schublade, schnitt seinen Eltern die Kehlen durch und betrachtete, wie sein Vater und seine Mutter langsam verbluteten. Dann rief er Speed an. Es war immer noch dieselbe Nummer.

Mit einem Lieferwagen kam er vorbei und nahm beide mit. Es war ihre erste und letzte Begegnung. Seine Statur und sein Aussehen glichen dem des Sängers von *Rammstein*. Er trug eine schwarze Lederjacke, eine schwarze

Lederhose, hatte eine Narbe, die ihm über die Stirn lief und musste ungefähr vierzig Jahre alt sein. Speed saß hinterm Steuer, Lucien stand neben ihm, das Fenster war heruntergekurbelt.

»Ich wusste, dass du mich irgendwann wieder kontaktieren würdest«, sagte Speed.

»Ja, nach achtzehn Jahren.«

»Brauchst du noch etwas?«

»Kennst du einen Makler und einen Notar, die keine Fragen stellen?«, fragte Lucien.

»Ja, kein Problem.«

»Sehr gut.«

»Alles Gute, Homeboy«, sagte Speed und fuhr davon.

Lucien verkaufte das Haus, kündigte alles, setzte Schreiben auf, fälschte die Unterschriften seiner Eltern, schrieb Briefe an die wenigen Freunde seiner Eltern, die er dann von Los Angeles aus abschickte. Darin stand, dass sie jetzt bei ihm leben würden.

5. Kapitel

Susan spürte es sehr früh. Sie war acht Jahre alt. Damals hieß sie noch Marc und wollte kein Junge mehr sein. Den Eltern, Geschwistern, Freunden, Bekannten und Nachbarn war das alles unheimlich. Niemand konnte etwas in der Kleinstadt, aus der Marc stammte, mit so einem Verlangen anfangen. Marcs Sehnsucht war für das puritanische Umfeld ein Werk des Teufels. Also haute sie mit zwölf Jahren ab und landete in Los Angeles. Nach ein paar Jahren auf der Straße hatte sie Glück, konnte über einen Sozialarbeiter bei einer sehr verständnisvollen Pflegefamilie unterkommen, die sie bei ihrem Wunsch unterstützte, auch finanziell: Psychotherapie, Hormone, Operationen, Brüste. Den Penis behielt sie, der war ihr heilig. Aus Marc wurde Susan. Susan wurde zu einer Überfrau: eine sensationelle Figur, ein makellos geformtes Gesicht, ein Teint wie aus Alabaster, wundervolle Haare, enge Kleider, die das alles unterstrichen, Schminke, hochhackige Schuhe, Fitnessstudio – eine Art Fantasiefigur, einem Computerspiel entstiegen, eine Femme fatale, die aus Männerphantasien nach dem Baukastenprinzip zusammengesetzt worden war. Sie war der Typ Frau, die einer sprühenden Fackel gleich durch die Straßen flanierte und alle Blicke auf sich zog, die Ohnmachtsanfälle entstehen ließ. Das genoss Susan: Kontrolle, Macht und Aufmerksamkeit. Sie nahm sich eine teure Wohnung und prostituierte sich für wohlhabende Männer. Den Pflegeeltern erzählte sie, dass sie in den USA herumreise und Kosmetika verkaufe.

Susan hatte jedoch mit einem Kapitel in ihrem Leben noch nicht abgeschlossen, von dem sie in jungen Jahren erfahren hatte und das sie nicht mehr losließ. Es war wie eine Droge, wie ein Fiebertraum, wie ein Versprechen. Es war der Sog, der von der Straße ausging. Immer wieder zog es sie auf den Straßenstrich: eine merkwürdige Melange aus Bühne, Elend, Erregung, Konkurrenz und Gleichgesinnten. Dieses Gemisch war wie ein Magnet an. Hin und wieder musste sie dorthin zurückkehren, auf dem Asphalt stehen, zusammen mit den anderen Transsexuellen. Sie benötigte ab und zu die Eigenschaft von Gegensätzlichem, das ihr der Strich versprach: Missbrauch, Ausbeutung, Macht, Ohnmacht, Armut, Drogen, die Gefahr des Unbekannten, Männer mit ihren unterschiedlichen Begehrlichkeiten, die mit einem exotischen Wesen Sex haben wollten – oder zumindest, was die Männer darunter verstanden: eine Sexgöttin mit Brüsten und einem Schwanz. Susan ging es nicht ums Geld. Das war etwas, das sie durch die Prostitution in ihrer Wohnung oder Hotels oder bei Wohnungsbesuchen reichlich verdiente. Den Zuhältern vom Straßenstrich gab sie achtzig Prozent ihrer Einnahmen. Außerdem war einer ihrer Privatkunden jemand, dessen Einfluss weitreichend war und der seine schützende Hand über sie hielt. Die Zuhälter wussten das und waren entsprechend zurückhaltend. Keiner von ihnen machte Ärger, niemand bedrängte sie.

Sie war jetzt achtundzwanzig und führte das Leben, das sie schon immer führen wollte. Andererseits wusste sie, dass sie von einem ständigen Grundrauschen begleitet wurde, das nur leichte Amplituden aufwies, jedoch manchmal zu Ausschlägen führte, die sie für kurze Zeit paralysierten. Das Grundrauschen, das stets leicht vibrierte, setzte sich aus unterschiedlichen Dingen zusammen: Verletzungen, Enttäuschungen, Traumata, Ängsten, Schmerzen, Kindheit, Dämonen. Es waren Trigger, die plötzlich zu den erhöhten Ausschlägen führten und ihr das verdeutlichten, was ihr im Prinzip schon klar war: Sie war nicht wirklich ein Teil der Gesellschaft. Zumindest war das ein Gefühl, das sie allerdings die meiste Zeit erfolgreich verdrängte, auch weil sie ihre Ersatzfamilien gefunden hatte.

Manchmal besuchte sie ein kleines Kino in Los Angeles, das sich auf Arthouse-Produktionen spezialisiert hatte. An einem Abend wurde Fassbinders Werk *Die bitteren Tränen der Petra von Kant* gezeigt. Ein Film, der Susan sehr berührte, vor allem wegen des Zitats im Abspann, einem Ausspruch von Friedrich Hölderlin: *Wir sind nichts; was wir suchen, ist alles.* Sie verließ das Kino, stand mehrere Minuten vor dem Gebäude und musste schlucken, während ihr Tränen über die Wangen liefen. Dann ging sie los und suchte den Strich auf. Es war schon dunkel, jedoch warm und angenehm. Der Geruch von Asphalt und Benzin beruhigte sie wie ein sedierender Schnuller, als ob sie in eine intrauterine Höhle geschoben würde. Susan begrüßte die Frauen und Mädchen, unterhielt sich mit einigen etwas länger und stellte sich dann an ihren Stammplatz. Nun konnte sie wieder tief durchatmen. Neben ihr hielt ein schwarzer Ferrari. Lucien konnte sein Verlangen nicht mehr unterdrücken. Er suchte zum ersten Mal in seinem Leben einen Straßenstrich und Prostituierte auf. Dann erblickte er Susan und sein Kopf wurde von einem Blitz getroffen, der bis zu seinen Füßen weitergeleitet wurde.

»Guten Abend, verehrte Dame«, sagte Lucien.

»Hallo Süßer!«

»Was kostet mich deine Begleitung?«

»Ein Gentleman in seiner weißen Rüstung«, lächelte sie.

»Mir fiel nichts Besseres ein.«

»Ist okay, ich mache Spaß.«

»Verstehe«, sagte Lucien.

»Was möchtest du denn?«

»Alles.«

»Donnerwetter, alles.«

»Ja, bietest du das an?«

»Ich weiß nicht, was du unter alles verstehst?«

»Nun, alles!«

»Hast du denn mit einer Frau wie mir schon einmal alles getan?«

»Nein.«

»Träume sollten nach Möglichkeit in Erfüllung gehen. Die Frage ist allerdings, wie viel du investieren möchtest.«

»Der Preis spielt keine Rolle«, antwortete Lucien mit leicht erregter Stimme.

Susan öffnete die Wagentür und stieg ein.

»Ich bin Susan, Kleiner.«

»Lucien.«

»Lucien mit dem schwarzen Ferrari. Wo wollen wir denn hin? Auf einen Parkplatz oder in ein Motel?«

Susan brauchte ab und zu den Sex in Motels oder auf Parkplätzen. Natürlich blieb immer ein Restrisiko, aber auch das erregte sie. Hier kamen ihre Apokalyptischen Reiter zusammen: Gefahr, Ausbeutung, Macht und Ohnmacht.

»Ein Motel wäre gut«, nickte Lucien.

»Gut, dann gib Gas.«

Lucien legte ihr tausend Dollar auf den Oberschenkel. Susan trug einen roten Minirock.

»Schätzchen, was hast du mit mir vor? Das ist zuviel, meine Güte!«

»Ich sagte doch schon, dass das Geld keine Rolle spielt.«

»Das nehme ich normalerweise pro Stunde bei Hotelbesuchen oder wenn jemand zu mir in mein Apartment kommt.«

»Man kann dich auch zu Hause besuchen?«

»Ja, Schätzchen, aber soweit sind wir noch nicht. Vielleicht irgendwann mal«, wehrte Susan ab.

»Gut.«

Lucien fuhr los. Er konnte nicht glauben, dass er es getan hatte. Neben ihm saß der Engel, der ihm Erlösung verschaffen sollte, der Sexualität in einer Form verkörperte und ausstrahlte, die bei ihm ein leichtes Dröhnen im Kopf verursachte. Das Dröhnen in seinem Kopf, Susans Duft, ihre Brüste, Schenkel, Haut und ihr Gesicht, das Vibrieren des Motors – alles verschmolz zu einer bizarren Einheit. Dieses Gefühl verspürte er in dieser Art zum ersten Mal. Lucien fuhr über eine glühende Vulkanlandschaft, die alles verschlingen wollte.

Sie hielten auf einem Parkplatz, er bezahlte das Zimmer, sie gingen hinein und schlossen ab.

»Was machen wir jetzt?«, fragte Lucien.

»Wir ziehen uns aus«, bestimmte Susan.

Sie entkleidete sich. Lucien verspürte kurzzeitig ein Druckgefühl auf der Brust, als er ihren Körper betrachtete. So etwas Einzigartiges hatte er noch nie gesehen. Alles war in absoluter Perfektion geformt. Von den Göttern war sie in Stein gemeißelt worden, ein leicht ausgemergeltes Victoria-Secret-Model mit langen blonden Haaren. Er streifte seine Sachen ab. Susan kam zu ihm und sie küssten sich. Sie nahm seinen Schwanz in die Hand, während er ihren erigierten Penis an seinem Bauch spürte. Sie kniete sich nieder, nahm seine Eichel in den Mund und blies sie mehrere Minuten, bis sie aufstand, Lucien an die Hand nahm und zum Bett führte. Er legte sich auf den Rücken, während sie etwas Gleitmittel bei ihm einführte und sich ein Kondom überstreifte, dann penetrierte sie ihn. Lucien blieb kurz die Luft weg. Vor lauter Geilheit wurde er fast ohnmächtig. Während sie ihn fickte und er seine Beine um sie legte, onanierte er. Immer wieder legte sie eine kurze Pause ein, was auch er tat. Sie schaute ihm ins Gesicht. Nach zehn Minuten hatte Lucien einen Orgasmus und spritzte auf seinen Bauch, während er laut aufschrie. Susan zog ihren Schwanz heraus, streifte das Kondom ab, setzte sich auf seine Brust und ejakulierte auf sein Gesicht und in seinen offenen Mund. Sie lagen nun eine halbe Stunde nebeneinander und sprachen kein Wort. Da bekam Lucien erneut eine Erektion. Während er wichste, lutschte er Susans Schwanz. Dann drehte sie sich um und legte sich auf den Bauch. Lucien leckte ihre Rosette, dann zog er sich ein Kondom über, nahm etwas Spucke und fickte Susan in den Po. Seine Stöße wurden immer schneller und härter. Beide kamen nach ein paar Minuten gemeinsam. Lucien blieb auf ihr liegen und keuchte.

Morgens um sechs verließen sie das Motel. Er fuhr sie zum Strich zurück und fragte nach ihrer Nummer. Susan erklärte, dass er ja wisse, wo sie stehe.

Das ging ein Jahr so. Immer wieder fuhr Lucien abends oder nachts zum Strich, ohne zu wissen, ob er Susan antreffen würde. Sie hatte keine festen Tage und manchmal tauchte sie auch wochenlang nicht auf. Es war Lucien egal, da mittlerweile ein Ritual für ihn daraus geworden war, sich jeden zweiten oder dritten Tag auf die Suche nach Susan zu begeben. Wenn er mit seinem Wagen am Strich entlangfuhr, verspürte er stets für kurze Momente eine Atemnot, die sich erst nach ein paar Minuten wieder legte. War sie da, fuhren sie immer wieder zu diesem Motel und nahmen stets dasselbe Zimmer.

Zwei Menschen wiesen in der Lucien-Welt eine Bedeutung auf. Der eine war jetzt Susan und der andere Marie. Sonst hatte er zu niemandem eine echte emotionale Bindung. Seine Persönlichkeit äußerte sich in selbstbezogenem und oft teilnahmslosem Verhalten. In seiner fast autistisch anmutenden Art, die er jedoch relativ gut verstecken konnte – da er, wenn er entsprechende Knöpfe drückte, durchaus charmant und offen wirkte – verbarg sich etwas, was einer Kobra gleich entfesselt werden konnte. Empathie und Mitgefühl kannte er nur bedingt. Er war aus Einzelteilen zusammengesetzt worden, die in ihrer Summe problematisch waren, jedoch hinter einer Fassade verschleiert blieben. Umso erstaunlicher war es für ihn, dass er sich Gedanken um Marie machte. Sie war ihm wichtig und er wollte sie tatsächlich nicht betrügen oder verletzen, aber er konnte nicht anders. Susan hatte ihm neue Türen geöffnet. Er war hindurchgegangen und wollte auch nicht mehr zurück.

6. Kapitel

Das hatte ihn schon als Austauschschüler fasziniert: die Sonnenauf- und -untergänge am Strand von Los Angeles, dazu das Rauschen der Wellen, das Gleiten der Möwen überm Meer und die Palmen, die immer eine Art Versprechen dafür darstellten, dass hier alles anders war. Jetzt stand Lucien an der Promenade und betrachtete die langsam untergehende Sonne. Noch war sie da, noch war es nicht dunkel, noch konnte man alles erkennen. Ganz vorsichtig kam eine Röte durch. Oder war es die Ankündigung eines beginnenden orangefarbenen Anstrichs, der die anstehende Dunkelheit allen mitteilen wollte?

Das Rauschen der Wellen in Kombination mit der Seeluft führte bei ihm zu einem fast trunkenen Zustand. Wie ein Kokon, der ihm um den Kopf gewickelt wurde und ihm beruhigende Töne in die Ohren pustete, beruhigende, nicht zu identifizierende Stimmen, die ihm etwas in die Gehörgänge flüsterten und Regionen in seinem Gehirn erreichten, die ihn in einen Trancezustand brachten. Der Strand, die Sonne, die Wellen, das Rauschen, die Möwen, das Orange, das Rot führten fast zu einer hypnotischen Schmerzunempfindlichkeit, einem Schwebezustand gleich, der ihn tief ein- und ausatmen ließ. Die Wellen wurden zu einer riesigen, leicht vibrierenden Decke, die sich um ihn legen wollte. In der Ferne hörte er einen Trompeter, der entspannende, gleichwohl fremdartige Töne von sich gab wie ein Voodoo-Priester, der die Götter einladen wollte, wie ein posaunender Derwisch, der versuchte, die himmlische Röte zu beschreiben, als ob der Trompeter bemüht sei eine Essenz einzufangen, einem heiligen Ort zu huldigen. Lucien musste an *Lotus Flower* von Trompeter

Woody Shaw denken. Die wenigen Wolken am Himmel trieben ganz gemächlich an ihm vorbei. Er streckte die Hände nach ihnen aus und zog an einer Wolke, veränderte ihre Form und war immer wieder verwundert über die Kraft und Intensität, die dem Strand innewohnte. Es war wunderschön. Lucien kam jetzt langsam zur Ruhe. Er hob die schwarze Ledertasche von Louis Vuitton auf, die vor ihm lag. Sie hatte die klassische Form einer Arzttasche.

Es war soweit.

Was jetzt kam, hatte er schon ein paar Mal getan. Eine ungeheure Befriedigung wurde ihm dadurch verschafft. Das Haus hatte er seit Wochen ausgekundschaftet. Die Angewohnheiten der Familie kannte er: von Vater, Mutter und drei Kindern im Alter von fünf, sieben und zehn Jahren.

Es war ziemlich genau Mitternacht, als er das Haus betrat. Die Alarmanlage war für ihn kein Problem. Er trug seine weißen Lederhandschuhe. Dann ging alles ganz schnell. Es dauerte höchstens zehn Minuten, absolute Präzision, absolute Eleganz: zuerst der Vater, dann die Mutter und danach die drei Kinder. Er hielt ihnen den Mund zu, bohrte einen Eispickel in die Halsschlagader, dann noch ein Stich in das Herz – keine Überlebenschance. Wie eine Kobra! Es war seine vierte Familie innerhalb von zwei Jahren, wie immer Vater, Mutter und drei Kinder. Mit dem Blut der Familie, das er in einem kleinen Becher sammelte, schrieb er *Evil Dead* an die Wohnzimmerwand. Schon war er auch wieder weg.

Das Töten befriedigte ihn. Was ihm jedoch die größte Befriedigung verschaffte, war das Auslöschen einer kompletten Familie, als ob sie nie existiert hätte. Er setzte sich in seinen Ferrari und fuhr langsam davon.

7. Kapitel

Nach über einem Jahr war es soweit: Lucien durfte Susan in ihrem Apartment besuchen. Er hatte ihr bislang bei jedem Treffen in dem Motel tausend Dollar gegeben, sodass sich an der Höhe der Bezahlung für ihn nichts änderte. Susan blieb jedes Mal mehrere Stunden mit ihm im Motel, verlangte jedoch nur dreihundert. Lucien bestand immer auf den tausend Dollar. Normalerweise verbrachte sie mit ihren Kunden nur eine halbe Stunde, meistens auf Parkplätzen, führte Blowjobs durch oder ließ sich einen blasen, nahm dafür einhundert Dollar. Nein, sie war nicht in ihn verliebt. Ihre Vermutung war, dass es sich um eine obskure Mischung aus Sympathie und Faszination handelte. Er bestand aus Gegensätzen, war einerseits ein Gentleman und andererseits wie ein wildes, gefährliches Tier.

Lucien stand unten vorm Haus, klingelte in der siebten Etage. Eine Kamera drehte sich in seine Richtung, dann ertönte ein Summton. Er benutzte den Fahrstuhl, stieg aus, blickte nach links und rechts. Es gab nur zwei Wohnungen, jeweils eine am Ende des Ganges. Susan öffnete, er musste ungefähr dreißig Meter gehen, dann trat er ein in ein riesiges Loft, das er auf ungefähr dreihundert Quadratmeter schätze. Lucien nahm Susans Hand und beugte sich vor, ohne ihren Handrücken zu küssen. Dann streckte er ihr einen Strauß mit fünfzehn roten Rosen entgegen.

»Lucien, Schätzchen, du bist süß«, befand Susan.

»Sehr gern, liebste Susan. Immerhin darf ich dich endlich in deinem Chalet besuchen, das ist heute also ein besonderer Tag!«

»Schau dich ein bisschen um, Kleiner. Ich suche eine Vase und öffne eine Flasche Champagner.«

»Wunderbar.«

Lucien legte tausend Dollar auf den kleinen Tisch neben der Tür und tat wie geheißen. Susans Loft war modern eingerichtet, alles war genau aufeinander abgestimmt und harmonierte farblich miteinander. In einer Ecke stand ein Bett. Es war drei mal drei Meter groß und auf der linken und rechten Seite eingerahmt von ungefähr einen Meter hohen rosafarbenen Marmorsockeln, auf denen fast noch einmal genauso hohe Kerzen standen. Mehrere brannten, was für eine gemütliche wie erotische Atmosphäre sorgte. Das war also ihr Arbeitsplatz. Auf der anderen Seite des Lofts erblickte er ihr Schlafzimmer. Dort befand sich ihr privater Bereich. Lucien konnte nicht sehen, dass sich darin ein weiteres Bett, mehrere große Kleiderschränke, Sessel, Bücher und Filme befanden. Es war Mittwoch, zweiundzwanzig Uhr. Lucien trat auf die Terrasse und betrachtete die vielen Lichter, die die Dunkelheit von Los Angeles durchbrachen.

Susan kam mit zwei Gläsern Champagner zurück und reichte ihm eins davon. Sie prosteten sich zu, tranken und unterhielten sich. Dann nahm sie ihn an die Hand und führte ihn zum Bett. Sie trug ein eng anliegendes rotes Kleid. Er zog den Reißverschluss herunter, sie legte sich hin. Lucien war jedes Mal wie verhext von ihrem Anblick. Sofort schliefen sie miteinander. Danach lagen sie einfach nur da und starrten an die Decke.

»Ich bin jetzt fast zwei Stunden bei dir. Ich muss mehr bezahlen«, begann Lucien.

»Schätzchen, willst du mich beleidigen? Ich habe den Abend für dich reserviert. So wird es immer sein«, erklärte Susan.

»Was ist mit den anderen Kunden?«

»Die bleiben eine Stunde und falls doch länger, müssen sie auch mehr bezahlen.«

»Bei uns läuft es anders«, sagte Lucien.

»Ja, Kleiner.«
»Warum?«
»Wir haben eine besondere Verbindung.«

Das entsprach auch seinem Empfinden. Er fühlte etwas für Susan. Was es war, konnte er nicht sagen.

»Wer wohnt eigentlich am anderen Ende des Flurs?«, fragte Lucien.

»Die richtige Frage müsste eigentlich lauten: Wer arbeitet dort?«, schmunzelte Susan.

»Ah, auch jemand, der oder die spezielle Dienste anbietet?«

»Ja, Schätzchen.«

»Wer?«

»Takumi und Saturn«, antwortete Susan.

»Takumi und Saturn?«

Susan berichtete ihm von dem ungleichen Paar. Takumi war eine fünfundzwanzig Jahre alte Japanerin, die aussah wie ein zehnjähriger Junge. Sie hatte kurze dunkle Haare, war blass, drahtig, hatte fast keine Brüste und war gerade mal eins fünfzig groß. Ihre Oberlippe wurde von fünf Piercings durchzogen, die Unterlippe war gleich mit zehn geschmückt. Ihr exotisches Erscheinungsbild rundete ein ungefähr zehn Zentimeter langes Metallimplantat in der Stirn ab, das wie ein Horn aus dem Kopf ragte. Oft war sie in der Fetischszene von Los Angeles unterwegs und dort unter dem Namen Princess Takumi bekannt.

Saturn war ihr Diener: ein fast zwei Meter großer Bodybuilder, gebaut wie Arnold Schwarzenegger in seinen besten Zeiten als Mr. Universum. Saturn lief in gelben Lederhosen herum, schwarzen Moonboots aus Latex, der nackte Oberkörper und das gesamte Gesicht waren über und über tätowiert, es gab keine freie Stelle. Sein massiger Oberkörper blieb immer unbedeckt. Vor den Kunden trug er stets eine Ledermaske, nur der Mund war zu erkennen.

Takumi und Saturn boten nur eine Stellung an: Die

Kunden mussten sich nackt ausziehen und aufs Bett setzen, nach vorne bücken, während Takumi den Kunden mit einem Umschnalldildo von hinten penetrierte. Saturn hockte sich derweil vor den Kunden, der ihm einen blasen musste, bis er im seinem Mund ejakulierte. Das Ejakulat musste der Kunde runterschlucken. Man wurde also von hinten gefickt, während man einem zwei Meter großen Bodybuilder einen blasen musste. Etwas anderes wurde von den beiden nicht angeboten. Zweitausend Dollar für eine einstündige Sitzung, plus Vorgespräch.

Wovon Susan jedoch nichts wusste, war die düstere Obsession, die Takumi und Saturn miteinander verband. Hinter einem Schrank befanden sich zwei weitere schallisolierte Räume. In einem davon befanden sich vier Käfige, in denen Kunden gefangen gehalten wurden. In dem Raum dahinter hatten die beiden einen zwei Meter hohen und einen Meter breiten Mixer aufgestellt, eine Spezialanfertigung aus Tokio, in die ungefähr einmal im Monat ein Kunde hineingeworfen und zu einem Smoothie verarbeitet wurde, zusammen mit allen möglichen Kräutern, Gewürzen und Gemüsesorten. Diese Smoothies wiederum wurden den Männern in den Käfigen vorgesetzt, bis auch sie irgendwann zu einem Shake verarbeitet wurden. Wenn Takumi bei den Vorgesprächen jemanden unsympathisch fand, gab sie Saturn ein Zeichen, der dann Champagner mit Rohypnol servierte und den bewusstlosen Kunden kurz darauf in einen der Käfige sperrte. Dass sie zu einem Smoothie verarbeitet werden würden, wussten die Männer in den Käfigen natürlich nicht. Den Smoothies wurde ebenfalls stets Rohypnol beigemischt, sodass sich die Männer in einem dauerhaft schläfrigen Zustand befanden. Ein ausgeklügeltes Lüftungssystem hielt die Luft in den beiden Räumen hinter der Schrankwand immer frisch und geruchsneutral.

»Meine Güte, liebste Susan, das wäre natürlich meine Welt«, begeisterte sich Lucien.

»Ja, Schätzchen, ich weiß«, lachte Susan.

»Dürfte ich eine Sitzung oder mehrere bei Takumi und Saturn wahrnehmen?«

»Selbstverständlich, allerdings muss ich die beiden erst kontaktieren. Sonst ist es unmöglich, dass du einen Termin bekommst. Normalerweise läuft alles nur über Mundpropaganda oder geheime Chats, die kaum jemand kennt.«

»Oh, ich bin entzückt, liebste Susan, danke.«

»Kein Problem, Süßer, ich gebe dir Bescheid.«

»Gibt es in diesem Haus noch andere Dienstleistungen, die ich in Anspruch nehmen könnte?«, fragte Lucien, inzwischen leicht erregt.

»Ja, über mir im Penthouse arbeitet Lady Tormentum.«

»Lady Tormentum?«

Susan erzählte Lucien von Lady Tormentum, einer vierzig Jahre alten Domina, die fast alles anbot, was im Bereich von Schmerz und Demütigung möglich war: verbale Erniedrigungen, Ohrfeigen und andere Schläge mit der Hand, der Peitsche oder der Eisenstange, Gassi gehen an der Hundeleine, Anspucken, Anpinkeln, Ankoten, Folterungen auf dem Gynäkologenstuhl, Kreuzigungen mit Nägeln, Tackern der Haut, Bearbeiten mit der Nagelpistole, Bondage, Strangulation, Knochenbrüche, Faustschläge, Erhängen für ein paar Sekunden. Ihre Spezialität waren Amputationen der Finger oder der ganzen Hand. Lady Tormentum war eine ehemalige Handchirurgin, die ausgestiegen war und seit mehreren Jahren als Domina arbeitete. Ansonsten bot sie auch einfach nur Entspannungen an in der Art, dass man sich auf ihr Bett legte und sie einem verschiedene Drogen spritzte, zum Beispiel Heroin oder Fentanyl.

Die Einrichtung ihres Penthouses war ein wenig anders als die im restlichen Haus. Trat man ein, befand man sich in einer riesigen Halle mit einem Bett in der Mitte. Die Fensterfront war stets bis zur Hälfte mit schwarzen Jalousien bedeckt, die je nach Lichteinfall automatisch rauf und runter gingen beziehungsweise Einfluss nehmen konnten auf die Lichtintensität, sodass immer dasselbe Halbdunkel vorherrschte. Auf die eine Wand wurde ein drei mal drei Meter großes, lautloses Video in einer Dauerschleife projiziert: *Ov Fire and the Void* von der Death Metal Band *Behemoth*, ein düsteres, verstörendes Video, das von Lady Tormentum vergöttert wurde. Ab und zu stellte sie den Ton an, kniete sich mit ausgebreiteten Armen davor und betrachtete es voller Bewunderung. An der anderen Wand lief eine fast genauso große Videoinstallation der Künstlerin Nathalie Djurberg, in der eine Frau gezeigte wurde, die sich mit einem Dildo selbst befriedigte und dann explodierte, alles aus Knetmasse angefertigt. An der dritten Wand hing eine riesengroße Arbeit von Gottfried Helnwein, Öl auf Leinwand, ein Kind mit einem blutig bandagierten Kopf, das auf dem Boden lag.

Hatte man diese Halle durchschritten, kam man in den nächsten Raum, in dem sich alles abspielte. Seile hingen von der Decke, in einer Ecke stand der Gynäkologenstuhl, Haken, ein riesiges Kreuz mitten im Raum, der OP-Tisch. Überall erklang ganz leise eine Oper von Händel.

»Oh, Susan!«, rief Lucien.

»Ja, Schätzchen, ich werde auch Lady Tormentum kontaktieren«, schmunzelte Susan.

»Wundervoll, liebe Susan.«

»Ich weiß jedoch nicht, wann Takumi, Saturn und Lady Tormentum mir antworten werden. Es kann dauern.«

»Überhaupt kein Problem. Ich werde mich überraschen lassen. Dass du überhaupt bereit bist, das für mich zu tun, ist ein großes Geschenk für mich.«

Es war inzwischen ein Uhr morgens. Lucien verabschiedete sich, verließ das Apartment und drehte sich noch einmal um, während Susan ihn anlächelte.

8. Kapitel

Drei Monate vergingen. Lucien besuchte Susan vier Mal in diesem Zeitraum. Einen Termin bei Takumi und Saturn oder Lady Tormentum gab es noch nicht.

Marie hatte den Eindruck, dass an Lucien irgendetwas anders war. Er kam manchmal noch später nach Hause als sonst oder roch etwas verändert, wenn sie miteinander schliefen. Andererseits hatte Marie in ihrem Labor so viel zu tun, dass sie auch wieder abgelenkt war und ihre Gedanken sich schnell verflüchtigten. Sie stand kurz davor, eine Pflanze zu züchten, die nur einmal im Monat Wasser benötigte, was weltweit für Aufsehen sorgte, da Publikationen in Fachzeitschriften von Marie und ihrem Team von Wissenschaftlern mit Begeisterung genau verfolgt und diskutiert wurden. Sie flog für zwei Wochen nach Europa, um entsprechende Vorträge zu halten. Lucien brachte Marie zum Flughafen. Er umarmte und küsste sie und wünschte ihr viel Erfolg.

Lucien verspürte wieder dieses Verlangen. Zuerst äußerte es sich körperlich. Es waren Schmerzen in Händen und Schultern, dann kamen Herzrasen und ein trockener Mund dazu, nach ein paar Tagen Schwindel und depressive Verstimmungen. Meistens war er monatelang frei von Symptomen, doch dann wurde er von Momentaufnahmen getriggert, etwa dem Anblick einer bestimmten Art von Familie in einem Park oder am Strand: Vater, Mutter und drei Kinder, die Kinder nicht älter als zehn. Wenn es die perfekte Familie war, verfolgte er sie oder notierte sich das Nummernschild und beobachtete das Haus sowie die Angewohnheiten der Familie. Kurz darauf kaufte er sich an der angesagten Einkaufsmeile von Los Angeles, dem

Rodeo Drive, in einer kleinen Boutique weiße Lederhandschuhe. Dann fuhr er nach Hause, öffnete den Safe in seinem Arbeitszimmer, holte den Eispickel heraus, berührte ihn und musste nach Luft schnappen. Den Eispickel legte er nun zurück, verschloss den Safe und musste sich setzen. In seinem Ledersessel konnte er sich immer etwas entspannen, während er auf das Ölgemälde starrte, hinter dem sich der Eispickel befand. Die Arbeit war von einem unbekannten französischen Künstler, der einen Wald in der Bretagne gemalt hatte. Bäume waren zu sehen, deren einzelne Blätter der Maler in vollendeter Eleganz angefertigt hatte. Lucien dachte an die Familie, an den Eispickel, an den unbekannten französischen Künstler und rauchte einen Joint, um sich etwas zu beruhigen.

Seine körperlichen und psychischen Symptome kamen alle zusammen. Wirbelstürme durchzogen seinen Körper. Er vernahm ein Donnern im Schädel, ein Dröhnen in den Ohren, spürte den Herzschlag der Erde, umkreiste die Sonne und sah ihre Eruptionen, er nahm Kontakt auf zu den anderen Planeten, erkannte die Oberfläche des Mars und konnte den Teufel sehen mit ausgebreiteten Armen, umgeben von Lichtstrahlen. Er flog zu anderen Galaxien, kehrte zur Milchstraße zurück, dachte an den Tod, das Sterben, das Alter, die Vergänglichkeit, an Friedhöfe, Gräber, Sex, Sterne, an die Ausdehnung des Universums. Lucien spürte die Anwesenheit von schwarzen Löchern, von dunkler Materie, dunkler Energie, das lautlose Gleiten der Erde durchs Universum, schwarze Vögel, die sich in Feuerbälle verwandelten und bis zum Rande des Universums flogen, Plätze, Gebäude, Straßen, Autos, der Himmel, der von Millionen Insekten dunkel verfärbt wurde, eine gigantische Explosion und riesige Blutfontänen, die sich über ihn ergossen.

Am nächsten Abend zog er los und löschte die gesamte Familie aus. Natürlich berichteten die Medien seit über zwei Jahren von dem *Evil Dead*-Killer. Das FBI hatte eine Spezialeinheit mit Profilern auf den Fall angesetzt. Doch Lucien war sich seiner Sache sicher. Er hinterließ keine Spuren.

9. Kapitel

Es war Donnerstagnacht. Lucien saß in seinem Arbeitszimmer und starrte auf ein Board an der Wand. Darauf befanden sich drei Objekte: in der Mitte ein Samuraischwert, links davon ein Foto des japanischen Schriftstellers Yukio Mishima, der sich 1970 durch Seppuku suizidiert hatte, und rechts dessen Roman *Geständnis einer Maske*. Für zehntausend Dollar hatte Lucien das Buch erworben, das ein handschriftliches Gedicht mit Autogramm des Autors enthielt, das dieser 1968 hineingeschrieben hatte. Seppuku, die ritualisierte Form des Suizids mit dem Schwert. Lucien dachte an Mishima, wie er sich das Schwert in den Bauch rammte und sich anschließend von seinem Liebhaber enthaupten ließ.

Marie schickte eine Mail. Sie sei zurzeit in Paris und alle seien begeistert von ihren Forschungsergebnissen. Dann erhielt er eine Nachricht von Susan. Er solle sich morgen um zwanzig Uhr bei Takumi und Saturn einfinden. Es war also soweit. Lucien konnte es kaum glauben. Susan hatte ihn zwar darauf vorbereitet, dass es lange dauern würde, aber er hatte es bereits fast aufgegeben.

Am nächsten Abend stand Lucien vor dem Haus. Er kannte den Ablauf ja schon von den Besuchen bei Susan: klingeln, Kamera, Summton, Fahrstuhl. Eine leichte Nervosität und Erregung machten sich bemerkbar, als er den Flur in Richtung des Apartments entlangging. Die Tür wurde geöffnet und vor ihm stand Saturn: ein muskelbepackter, über und über tätowierter Riese mit nacktem Oberkörper, Ledermaske, gelber Lederhose und schwarzen Moonboots aus Latex. Saturn verzog, soweit erkennbar, keine Miene und deutete mit der Hand ins Loft. Lucien ging hinein und schaute sich um. Es wies einen ähnlichen Schnitt auf wie Susans, war jedoch kleiner, vielleicht zweihundert Quadratmeter. Alle Einrichtungsgegenstände und Möbel waren in Schwarz gehalten. Im Hintergrund sang leise, kaum hörbar, Vincenzo La Scola die Arie *L élisir d ámore: Una furtiva lagrima* von Gaetano Donizetti. Saturn ging voran und führte ihn an einem unglaublich großen Bett vorbei, vielleicht fünf mal fünf Meter, überzogen mit einem schwarzen Latexbezug. Auf einem Thron saß Takumi, genauso, wie Susan sie beschrieben hatte. Sie deutete auf einen schwarzen Sessel, auf dem Lucien Platz nahm. Saturn stellte sich neben Takumi und verschränkte die Arme, wodurch seine mächtigen Bizepse noch mehr betont wurden. Takumi betrachtete Lucien eine Weile.

»So, du bist also Lucien«, begann sie.

»Sehr wohl, Gnädigste.«

»Interessant, du möchtest also gerne von mir gefickt werden, während du Saturn einen bläst.«

»Ja, danach wäre mir, verehrte Takumi.«

»Interessant. Ich benutze sehr mächtige Dildos und Saturn hat einen riesigen Schwanz. Glaubst du wirklich, dass das deine Welt ist?«

»Ja, verehrte Takumi.«

»Interessant. Hast du die zweitausend Dollar dabei?«

»Ja, selbstverständlich«, sagte Lucien, zog die Scheine hervor und legte sie auf den kleinen schwarzen Ledertisch, der zwischen ihm und Takumi stand.

»Interessant, interessant, nicht wahr, Saturn? Interessant.«

Saturn nickte ganz leicht, während Takumi das Geld nahm und es Saturn überreichte. Der ging zu einer Box, legte das Geld hinein und kam zurück.

»Interessant, Lucien, dass du jetzt hier bist.«

»Ja, das sehe ich auch so«, bestätigte Lucien.

»Interessant, Lucien. Bevor wir drei auf die schwarze

Spielwiese gehen, möchte ich aber dir noch etwas erzählen. Saturn und ich kennen dein Geheimnis.«

»Nun, haben wir nicht alle Geheimnisse?«, fragte Lucien.

»Interessant, ja, das ist so, aber deines ist ganz besonders.«

»Ach ja?«

»Interessant, interessant. Saturn und ich wissen, dass du der *Evil Dead*-Killer bist«, erklärte Takumi.

Bei Lucien drehte sich kurz alles. Ihm wurde übel.

»Interessant, nicht wahr? Jetzt fragst du dich, woher wir das wissen, richtig? Nun, wenn jemand eine Sitzung bei uns haben will, recherchieren wir zuerst, holen über Monate Informationen ein, beobachten den Kunden. Saturn verfolgt ihn eine Zeitlang auf Schritt und Tritt mit seinem schwarzen Truck.«

Der schwarze Truck! Lucien hatte immer wieder das Gefühl gehabt, dass ihm jemand folgte. Im Rückspiegel hatte er einmal einen Truck gesehen. Hinterm Steuer hatte ein Riese mit einer Kapuzenjacke gesessen. Jetzt war er geliefert. Andererseits hatte er den Eindruck, dass es hier um etwas anderes ging.

»Interessant, nicht wahr? Saturn hat gesehen, wie du nachts in das Haus der Familie Taylor eingedrungen bist: alle ausradiert mit deinen schicken weißen Lederhandschuhen vom Rodeo Drive und dem bösen Eispickel. Wir haben hier einen Mörder vor uns sitzen, und dann auch noch so attraktiv und brillant. Nun, Lucien, wir werden dich nicht verraten, auch nicht erpressen. Wozu auch? Das ist viel zu langweilig und trivial. Wir drei haben uns gefunden. Wir sind jetzt Verbündete«, erklärte Takumi.

»Verbündete?«

»Interessant, nicht wahr? Tja, auch wir haben ein besonderes Geheimnis, von dem niemand etwas weiß. Quid pro quo. Jetzt erfährst du unseres.«

Takumi blieb sitzen. Saturn zeigte in Richtung eines

schwarzen, mit Nieten besetzten Lederschranks. Lucien stand auf und folgte ihm. Saturn öffnete den Schrank und drückte auf eine der Nieten. Die Rückwand ging auf und Saturn vor.

Was Lucien zu sehen bekam, konnte er nicht glauben: Käfige und Männer, die darin gefangen gehalten wurden. In einem zweiten Raum standen ein überdimensional großer Mixer, ein Kühlschrank voller Gemüse, auf einem Tisch Kräuter und Gewürze. Saturn und Lucien gingen zurück, Lucien nahm wieder Platz und Takumi berichtete ihm, was das alles zu bedeuten hatte.

»Verehrte Takumi, verehrter Saturn, das ist in der Tat ein extraordinäres Geheimnis«, befand Lucien und verstand. Die beiden hatten jemanden gefunden, der zu ihrer Welt passte. Es ging nicht um Forderungen, sondern ums Teilen von Geheimnissen.

»Interessant, nicht wahr, Lucien? So haben wir uns gefunden. Wir sind alle drei Fürsten der Hölle. Unsere Gemeinsamkeit wird zu einem noch erregenderen Sex führen.«

Saturn nickte.

»Weiß Susan davon?«, fragte Lucien.

»Hm, interessante Frage. Nein, niemand weiß davon. Susan ist ein so liebes Mädchen, das zwar viel durchgemacht hat, jedoch ein zartes Pflänzchen ist, das es verdient hat, behutsam behandelt zu werden. Saturn beschützt sie, soweit es seine Zeit zulässt, beobachtet und verfolgt er manchmal ihre Kunden. Susan weiß allerdings nichts davon.«

»Oh, das freut mich sehr, da mir Susan sehr viel bedeutet«, erwiderte Lucien.

»Interessant, dass du so für Susan empfindest. Jetzt sollten wir ficken«, beschloss Takumi.

Alle drei gingen zum Bett. Lucien zog sich aus, setzte sich darauf und bückte sich nach vorn. Takumi schnallte sich einen Dildo um, rieb Gleitmittel darum und führte ihn bei Lucien ein. Zuerst glaubte Lucien, innerlich zerfetzt zu werden, bis sich der Schmerz langsam in Lust und Geilheit verwandelte. Da setzte sich Saturn vor ihn und holte seinen gigantischen Schwanz heraus, den Lucien mit seinen Lippen umschloss, während er sich selbst befriedigte. Irgendwann kam Saturn und spritzte Lucien in den Mund. Während Lucien das Sperma herunterschluckte, fickte Takumi ihn weiter und Lucien hatte einen der heftigsten Orgasmen seines Lebens.

Takumi ging zurück zu ihrem Thron und blieb dort sitzen. Lucien ging unter die Dusche, kam zurück und zog sich an. Takumi erklärte ihm, dass sie ihm nächstes Mal eine Mail schicken würde. In Zukunft bräuchte Susan nicht mehr als Vermittlerin tätig zu werden. Saturn begleitete Lucien zur Tür, öffnete sie und nickte ganz leicht.

10. Kapitel

Clive wurde an einem sonnigen Vormittag in einem Krankenhaus in Miami geboren. Trotz der starken Schmerzen weinte seine Mutter ausschließlich vor Glück. Einige Minuten später kam seine Zwillingsschwester Lindsay zur Welt. Als sein Vater draußen die frohe Kunde vernahm, heulte er laut auf. Alle drei waren gesund. Die Eltern, Don und Helen, hatten es schon fast aufgegeben, nachdem Helen über Jahre nicht schwanger geworden war. Die Krankenschwestern, die auch Tränen in den Augen hatten, gratulierten den beiden. Alle auf der Station waren besorgt gewesen, dass es eine schwere Geburt werden würde, doch es lief völlig ohne Komplikationen ab. Der Gynäkologe war erleichtert und freute sich für Don und Helen. Er untersuchte Clive und Lindsay und legte sie dann vorsichtshalber in den Brutkasten. Don lief herunter zum Haupteingang, kaufte einen großen Strauß Rosen, rannte die Treppen hoch und überreichte sie seiner Frau, die ihn freudestrahlend anlächelte. Sie hielt seine Hand und beide weinten erneut.

Nach vier Wochen wurden alle drei entlassen. Das Haus war geschmückt, über der Tür hing ein Schild, auf dem die Namen der Zwillinge standen. Don hatte es angefertigt. Clive hatte sein Zimmer direkt neben dem von Lindsay.

Don war Feuerwehrmann und nicht überrascht, dass seine Kollegen mit einem Löschwagen ankamen, hupten und eine große Torte vor die Tür legten. Helen war Krankenschwester der kardiologischen Station des Krankenhauses, in dem sie entbunden hatte. Jetzt hatte sie ein Jahr Erziehungsurlaub. Rose, ihre Kollegin und beste Freundin, kam ebenfalls für eine Stunde vorbei, blickte in Clives und

Lindsays Augen und rief aus: »Ja, sie haben eindeutig die Augen von Helen!« Da musste Don laut lachen.

So vergingen Jahre voller Glück und Liebe. Clive war mittlerweile zehn und für sein Alter ziemlich kräftig gebaut. Don, ein großer Football-Fan, besprach mit einem seiner Kollegen, ob er Clive nicht zum Training anmelden sollte. Es würde dem Jungen guttun, weil er immer etwas in sich gekehrt wirkte, fast nachdenklich, ganz im Gegensatz zu Lindsay, die wie ein temperamentvolles Fohlen die Familie oft aufmischte, was die Eltern stets amüsierte. Clive hatte sein erstes Training und zeigte dabei Talent und Ausdauer. Hinzu kam, dass er fast einen Kopf größer war als die anderen Jungs, außerdem breiter und stärker.

Als Clive beim Training war und Helen bei der Arbeit, stand Don in der ersten Etage des Hauses und blickte in den Garten, wo Lindsay auf der Schaukel saß. Er betrachtete sie und wunderte sich darüber, wie schnell doch die Zeit verging: nun war sie schon zehn! In ein paar Jahren würde sie auf die Highschool gehen, dann aufs College. Don wurde plötzlich schwindelig und er bekam Schweißausbrüche. Er fasste sich an den Kopf, wischte sich den Schweiß von der Stirn und dachte schon, er hätte es überwunden, doch es überkam ihn wieder. Es war wie ein Orkan, der sich nicht einmal ankündigte, auch wenn Don in den letzten Jahren manchmal ein leichtes Kribbeln in seinem ganzen Körper verspürte, wenn er an Schulen vorbeiging.

An jenem Tag begann er, Lindsay sexuell zu missbrauchen.

Drei Jahre später, die Zwillinge waren dreizehn, kam Clive einmal außerplanmäßig früh vom Training zurück. Er beobachtete, was sein Vater mit seiner Schwester im Schuppen anstellte. Clive lief ins Haus, rannte in sein Zimmer, schloss die Tür ab, erlitt einen asthmaähnlichen Anfall und kollabierte. Stunden später hörte er ein leichtes

Krachen. Es war die Tür, die gerade von seinen Eltern aufgebrochen wurde. Sie beugten sich über ihn und riefen seinen Namen.

Clive begann, Ängste zu entwickeln, wurde in der Schule immer schlechter, musste oft Nachhilfe bekommen. Sogar aus dem Football-Team musste er herausgenommen werden, weil er durch überzogene Brutalität auffiel.

Was er in der Scheune gesehen hatte, hielt er für einen Traum. Doch mit vierzehn ging er in Therapie, weil sich seine Eltern Sorgen machten und die Ängste ihn lähmten.

Jetzt war er fünfzehn. Lindsay hatte sich vor sechs Monaten vor einen Zug geworfen. An das Begräbnis konnte er sich nicht genau erinnern, er hatte es verdrängt. Nun saß er am Strand, betrachtete den Sonnenuntergang, dachte an sie, während ihm Tränen übers Gesicht liefen. Sie war seine Seelenverwandte und er vermisste sie. Das leichte Rauschen der Wellen und ein angenehmer Wind verschafften ihm etwas Trost, da er Lindsay zu spüren glaubte. Als er nach unten schaute, erblickte er im Sand einen grünen Stein, der die Größe eines Hühnereis aufwies. Clive nahm ihn, hielt ihn in seiner Hand und nahm eine Wärme wahr, die bis hoch zu seiner Schulter zog. Es war unmöglich für ihn, seinen Blick von dem Stein zu lösen. Was er sah, verwunderte und irritierte ihn zugleich. Wirbel, fremdartige Zeichen, Tiere und so etwas wie Hieroglyphen konnte er entziffern. Alles war in Bewegung, sprang, rotierte. Von einem Augenblick auf den anderen erkannte er es. Er begriff, dass er nie die ultimative Realität erfahren würde, dass sich das Reale während des gesamten Lebens irgendwo im Verborgenen abspielte, dass sich alles und alle in einer Art Trance befanden und nur die Alltagsrealität wahrnahmen, sie nur einen Bruchteil dessen sahen, was Wirklichkeit war. Nur wer in der Lage war, das große Ganze zu erkennen, konnte wirklich angstfrei sein. Clive starrte weiter auf den Stein, von dem ein eigentümlicher

Summton ausging, begleitet von Dämpfen, die aus ihm strömten. Welten sah er auf- und untergehen. Er erblickte Dinge, die unbeschreiblich waren, die sich jenseits von allem Vorstellbaren befanden. Und dann war es soweit: Clive begriff, was die geheime Wahrheit des Universums und des Seins war. Plötzlich hatte Clive keine Angst mehr, auch nicht vor der Zukunft, der Vergangenheit, vor Schmerzen, Erkenntnissen, vor dem Sterben und dem Tod. Clive hielt den Stein an sein Ohr, der ihm einige Botschaften zuflüsterte. Dann zerfiel der Stein zu Staub.

Er stand auf, blickte in den Himmel und begriff. Die höchste Stufe der Durchgeistigung zog einem Gewitter gleich durch seine Nervenzellen, so war sein Empfinden. Er verließ den Strand und ging zurück nach Hause. Seine Eltern saßen vor dem Kamin und spürten nichts, da alles ganz schnell ging. Zuerst spaltete Clive den Schädel seiner Mutter mit der Axt, dann den seines Vaters. Er blickte auf Lindsays Foto auf dem Sims, dann rief er die Polizei.

Clive bekam lebenslänglich. Im Gefängnis wurde sein Körper zu seinem Tempel: hartes Training mit Gewichten, Faustkämpfe, Kampfsport, den er im Gefängnis erlernte, Tätowierungen, die seine Haut verzierten. Die schwersten Gewichte stemmte er mit absoluter Leichtigkeit, was für ihn zu großem Respekt unter den Mitgefangenen führte. Da er aufgrund seiner Größe, Kraft und seines martialischen Aussehens gefürchtet war, wurde er von fast allen in Ruhe gelassen. An niemanden musste er sich anpassen, keine Kompromisse eingehen, nicht Mitglied werden in irgendwelchen Bruderschaften. Als Clive dreißig war, wollten es dann doch fünf Gefangene wissen, die der gefürchteten *White Pride* Gruppierung angehörten. Clive zerquetschte förmlich seine fünf Angreifer, was zu noch mehr Respekt und Furcht führte. Dafür erhielt er erneut lebenslänglich. Einen Monat später sollte er in ein Hochsicherheitsgefängnis verlegt werden. Während der Überführung gelang ihm die Flucht. Über Umwege kam er nach Bangkok und lebte dort illegal für drei Jahre.

Als *Mixed-Martial-Arts*-Kämpfer streckte er in Fights, bei denen alles erlaubt war, jeden Gegner brutal nieder. Niemand konnte ihn besiegen. Er nannte sich nun Saturn.

Nach einer Weile kehrte er in die USA zurück, ließ sich in Los Angeles nieder und lernte Takumi kennen.

11. Kapitel

Marie meldete sich bei Lucien und berichtete von ihren Erfolgen in Europa. Sie musste das Ganze noch um drei Wochen verlängern, da sie in weiteren Städten Vorträge halten sollte. Lucien beglückwünschte sie und freute sich für die Wertschätzung, die Marie und ihrer Arbeit entgegengebracht wurde. So vergingen zehn weitere Tage, in denen Lucien einmal Susan und einmal Takumi und Saturn besuchte. Ab und zu musste er an Marie denken und was er ihr damit antat. Aber seine Sehnsüchte, Begehrlichkeiten und Obsessionen waren übermächtig. Er musste ihnen einfach nachgeben, konnte und wollte nicht darauf verzichten.

An einem Mittwoch saß Lucien des Nachts zu Hause in seinem Arbeitszimmer und musste noch einige Dinge vorbereiten, weil ein neues Computersystem im Unternehmen installiert werden sollte. Eine Mail von Susan erreichte ihn. Er sollte sich am Freitagabend um einundzwanzig Uhr bei Lady Tormentum vorstellen.

Pünktlich betrat er die achte Etage, in der es nur eine Tür gab: die zum Penthouse. Im Türrahmen stand Lady Tormentum, eine sehr schlanke, fast schon anorektisch anmutende Frau mit langen schwarzen Haaren, die sie zu zwei Zöpfen zusammengebunden hatte. Ihre Mandelaugen waren mit Kajal betont, was ihren durchdringenden Blick noch verstärkte. Sie trug grüne High Heels und einen roten Latexanzug, der ihren Körper nachzeichnete, insbesondere ihre Muskeln. Rechts am Hals prangte ein Branding in Form eines Dreizacks.

»Lady Tormentum«, sagte Lucien und verbeugte sich ganz leicht.

»Lucien, komm herein!«

Lucien stand in der Halle, in der sich das Bett mitten im Raum befand. Lady Tormentum schloss die Tür, blieb dort stehen und sagte kein Wort. Lucien betrachtete die Videoinstallationen und das Ölgemälde, während leise eine Oper von Händel zu hören war. Er drehte sich zu Lady Tormentum um und fragte, ob er sich weiter umschauen dürfte. Sie nickte kurz, woraufhin er den nächsten Raum betrat. Sie blieb währenddessen in der Halle neben der Tür stehen. Der zweite Raum war genau so, wie ihn Susan beschrieben hatte. Überall standen, lagen und hingen Utensilien, um Schmerzen und Lust zu verursachen. Nun ging Lucien zurück in die Halle. Lady Tormentum stand jetzt neben dem Bett.

»Wonach ist dir, Lucien?«

»Ich würde mir gerne Heroin spritzen lassen.«

»Hast du denn schon Erfahrungen mit dem Stoff gemacht?«

»Ich habe es ein paar Mal geraucht.«

»Immerhin. Und dennoch ist das Rauchen etwas anderes.«

»Ja, das habe ich mir schon gedacht«, gab Lucien zu.

»Du suchst also den Drogenrausch. Doch es ist nicht nur der Rausch, es ist auch der Wunsch nach Wärme, Geborgenheit und Sicherheit. Ich spritze dir reinstes Heroin, das ich aus einem Labor in der Schweiz beziehe, pur und nicht gestreckt. Es ist echtes Diamorphin. Du legst dich aufs Bett, machst den Arm frei, ich spritze es dir. Vielleicht wirst du in einen Tiefschlaf fallen. Wenn du dann irgendwann aufwachst, stehst du auf und verlässt das Penthouse. Jetzt bekomme ich tausend Dollar von dir«, erklärte Lady Tormentum.

Lucien übergab ihr das Geld, machte seinen linken Arm frei und legte sich hin. Lady Tormentum schob einen kleinen Instrumententisch aus Metall, wie man ihn aus Krankenhäusern oder Praxen kennt, ans Bett. Sie legte ihm einen Stauschlauch um, führte eine Nadel in seine Vene ein und spritzte ihm das Diamorphin. In seiner Bauchregion bildete sich sofort eine sehr angenehme Wärme, als ob jemand ein Wärmekissen draufgelegt hätte. Die Wärme fing an seinen gesamten Körper zu durchfluten, während er noch kurz den Duft von Lady Tormentum wahrnahm, die neben ihm saß. Er hatte das Gefühl ans Bett festgeklebt worden zu sein, während eine Seidenraupe damit beschäftigte war, ein Gespinst um ihn herum zu spinnen. Lucien atmete tief ein und aus, gleichzeitig wurde er von dem Bett aufgesogen und umhüllt. Sein Kopf und sein Gesicht wurden von Hunderten leicht erhitzten Händen massiert, die sich auch um den Rest seines Körpers kümmerten. Er verschmolz mit dem Universum und befand sich in einer intrauterinen Höhle, in der er ganz sanft mit flauschigen Tüchern abgerieben wurde.

Irgendwann erwachte er. Als er sich umschaute, konnte Lucien niemanden erblicken. Lady Tormentum war nicht zu sehen. Vorsichtig setzte er sich auf den Bettrand und rieb sich die Oberschenkel. Es war sieben Uhr morgens. Er stand auf, zog sich sein Sakko über und verließ das Penthouse. Lucien ahnte nicht, was ihm bevorstand. Abigail und Richard Price waren maßgeblich daran beteiligt.

12. Kapitel

Abigail wuchs in einer texanischen Kleinstadt auf. Ihr Vater war Grundschullehrer, ihre Mutter Erzieherin. Sie hatte noch zwei ältere Brüder: Todd und Lucas. Todd war zwei, Lucas vier Jahre älter. Sie mochte ihre Brüder zwar, konnte aber nichts mit ihnen anfangen. Zwei Gegensätze vereinte Abigail in sich, die ihre Eltern und Lehrer manchmal in den Wahnsinn trieben. Einerseits war sie eine Träumerin, konnte stundenlang in den Himmel starren oder auf einem Ast sitzen und den Blick über die weite Landschaft schweifen lassen. Die Eltern suchten dann nach ihr, weil sie sich verständlicherweise Sorgen machten und ihr später zum hundertsten Mal erklärten, dass sie nicht einfach so untertauchen könne. Andererseits langweilte sich Abigail relativ schnell, was dazu führte, dass sie immer auf der Suche nach Abwechslung war. Für kurze Zeit spielte sie mit Puppen, dann drehte sie die Musik auf, hüpfte und spielte Luftgitarre, um sodann rauszulaufen und im Garten Purzelbäume zu schlagen. Ihr Vater war ihr großer Held, ein besonnener und geduldiger Mann, der einen beruhigenden Einfluss auf die drei Kinder und seine Ehefrau hatte. Schließlich waren alle vier ziemlich temperamentvoll, was bei ihm stets zur Belustigung, jedoch auch Verwunderung führte. Denn er fragte sich, von wem sie das wohl hatten. Seine Schwiegereltern waren auch eher entspannt. Seine Eltern hatten ebenfalls etwas Ruhiges und Bodenständiges an sich.

Umso größer war der Schock für die gesamte Familie, als der Vater sich eines Tages in der Scheune erhängte. Kein Abschiedsbrief, keine Erklärung, nur Ratlosigkeit. Er hatte immerhin eine größere Summe angespart, sodass die Familie in dem Haus bleiben konnte. Abigail war zehn, als es passierte. Am Tag der Beerdigung hätte sie sich am liebsten selbst ins Grab geworfen. Während sie auf den Sarg blickte, rollten ihr Tränen über die Wangen, die ihr wie in Zeitlupe auf die Schuhe fielen, auf denen sie in tausend Teile zerplatzten.

Danach verfiel Abigail für zwei oder drei Jahre in eine Art Schweigen. Sie gab nur noch das Nötigste von sich. Ihre Mutter überlegte, ob sie ihre Tochter bei einem Arzt vorstellen sollte, wovon ihr eine gute Freundin abriet mit der Begründung, dass Abigail halt Zeit bräuchte, um alles zu verarbeiten.

Mit dreizehn kam die alte Abigail langsam wieder durch. Sie fing sogar wieder an mehr zu sprechen. Darüber freute sich die Mutter sehr. Sie beunruhigte jedoch etwas anderes: Abigail war mitten in der Pubertät und mit vierzehn bereits ein sehr hübsches Mädchen. Schon ein Jahr später wurde es der Mutter etwas unheimlich, wenn sie mit ihrer Tochter durch die Stadt lief, da sie die Blicke der Männer registrierte, von denen die Tochter taxiert wurde. Abigail war derartig attraktiv, dass eine Lehrerin der Mutter erklärte, Abigail sei sicherlich eine künftige Kandidatin für die Miss-Texas-Wahlen.

Dass sie eine besondere Wirkung auf Männer hatte, gleich welchen Alters, registrierte Abigail durchaus auch selbst. Ihr erster Freund stammte aus der Nachbarstadt. Er war zwanzig, sie fünfzehn. Sie trafen sich nachts heimlich in seinem Auto und hatten Sex. Doch schon nach einem Monat trennte sich Abigail wieder von ihm. Er langweilte sie, so wie sie von vielem schnell gelangweilt war: der Schule, den Freunden, der Familie, der Stadt. Sie war intelligent, musste nicht viel lernen und bestand trotzdem alle Klausuren mit Bravour.

Das Einzige, das ihr Interesse weckte und womit sie sich stundenlang beschäftigen konnte, war das Zeichnen. Nachdem sie die Highschool absolviert hatte, hielt sie es nicht mehr aus. Sie brannte mit ihrem fünfundzwanzig Jahre alten Freund einfach durch. Der Mutter schrieb sie, dass sie ihr Glück woanders suchen wolle. Abigail zog nach Los Angeles, trennte sich von ihrem Freund, suchte sich einen Job in einem Plattenladen und zog in eine WG. Für Model-Agenturen bereitete sie eine Mappe vor und wurde auch von einer genommen. Fotoshootings, kleinere Aufträge, Werbung – sie verdiente nicht das große Geld, aber konnte immerhin ihren Job in dem Plattenladen aufgeben. Außerdem wurde vieles für sie fortan aufregender. Sie lernte andere junge Frauen kennen, ging mit ihnen in angesagte Clubs und wurde über die Agenturen auf Partys eingeladen. Die ganze Modelsache fing jedoch ebenfalls bald an, sie zu langweilen. Da lernte Abigail auf einer Party Richard Price kennen.

13. Kapitel

Richard Price war einer von den Männern, die sich alles nehmen. Er hatte ein Imperium aufgebaut und leitete nun ein Unternehmen mit dreitausend Mitarbeitern. Sein Geld vermehrte er außerdem durch das geschickte Investieren in Aktien. Er hatte dafür ein einzigartiges Gespür. Sein Berater war immer wieder überrascht, mit welchen Papieren Price richtig lag. Es waren Firmen, von denen der Berater noch nie etwas gehört hatte oder bei denen es schier unmöglich schien, dass sie innerhalb kürzester Zeit plötzlich die Börse erobern würden. So war Price eben: Was er auch anfasste, verwandelte er in Gold.

Freunde in Wirtschaft und Politik waren mächtige Begleiter in seinem Leben. Seine beiden Söhne arbeiteten in seinem Unternehmen und seine zwei Töchter, Juristinnen, vertraten die Geschäfte des Vaters. Mrs. Price, eine studierte Sprachwissenschaftlerin, arbeitete nicht mehr als Dozentin, sondern hatte genug damit zu tun, sich um wohltätige Zwecke zu kümmern oder große Partys auf dem Anwesen der Prices zu organisieren. Price war jetzt vierundfünfzig. Er saß in seinem Büro in der zwanzigsten Etage, trank einen Kaffee, blickte auf die Skyline von Los Angeles und diktierte gerade einen Vertrag. Es war ein Geschäft mit den Kanadiern, das zwanzig Millionen Dollar einbringen würde. Nach dem Diktat schaute er weiter aus dem Fenster. Das zwanzigstöckige Haus gehörte ihm. In den neunzehn Etagen unter ihm tummelten sich seine dreitausend Mitarbeiter wie Ameisen in unterirdischen Gängen. Sein Unternehmen erzielte in der digitalen Branche Rekordumsätze.

Price hatte Wirtschaftswissenschaften und Mathematik

in Yale studiert, war dort Captain der Rugbymannschaft und Kopf einer Studentenverbindung gewesen. Wieviele Affären er hatte, bevor er seine Frau kennenlernte, wusste er selbst nicht mehr. Zwar trainierte er noch regelmäßig in seinem Fitnessstudio auf seinem Anwesen, hatte aber dennoch im Laufe der Jahre zwanzig Kilo zugenommen. Das war für einen ehemaligen Rugbyspieler nicht ungewöhnlich, wenn er nicht mehr so trainierte, wie er es als junger Mann getan hatte. Dennoch war er weiterhin gut in Form. Eins neunzig groß, hundertzwanzig Kilo, hauptsächlich Muskeln. Von seinen Lastern, Poker und Luxusprostituierte, wusste seine Frau Joan, nahm es jedoch so hin. Ihr Vater war genauso, sie kannte es nicht anders und sah es als Eigenart erfolgreicher Männer an. Auf den Bahamas besaßen die Prices eine Villa, in Paris ein Penthouse und in New York ein Loft. Dorthin musste Price immer wieder mal fliegen, um Geschäfte abzuwickeln, manchmal mit Joan, die dann tagsüber shoppen ging und abends mit ihrem Mann teure Restaurants besuchte. Danach ging es in die Oper, sie besuchten Freunde oder waren auf irgendwelchen Partys eingeladen. Wenn Price alleine in New York war, dann besuchte er eine von den vielen Luxusprostituierten, die er in der Stadt kannte. Er suchte sie in ihren Wohnungen auf, da er das Loft für Joan unbefleckt lassen wollte. In Los Angeles ging er ebenfalls immer wieder zu Prostituierten. Price hatte zudem eine Mätresse: Abigail.

Abigail besuchte er einmal in der Woche. Das tat er schon seit Jahren. Price hatte ihr eine Wohnung gekauft, sie dazu gedrängt, aufs College zu gehen und mit einem Studium zu beginnen. Jetzt studierte sie Kunst. Finanziell hatte sie durch Price ausgesorgt. Abigail war inzwischen fünfundzwanzig. Joan wusste nichts von ihr. Richard liebte sie beide: Joan und Abigail. Die Welt war für ihn ein Spielwarenladen, aus dem er sich nach Lust und Laune bediente. Das war für ihn normal.

Doch dann beging er in seiner perfekten, schönen Welt einen Fehler, der ihm zum Verhängnis werden sollte. Dass er dadurch eine Lawine lostreten würde, die ihn zerquetschen sollte, war für ihn zuvor unvorstellbar.

14. Kapitel

Price wusste, dass Susan transsexuell war. Sie war ihm empfohlen worden. Susan fand ihn beeindruckend. Er war höflich, elegant und legte ganz dezent in einem Umschlag seine tausend Dollar auf den Tisch. Sie unterhielten sich zunächst, tranken Champagner. Seinen Charme, seinen Witz und sein gutes Aussehen fand Susan sehr verführerisch. Doch dann drehte er plötzlich durch, packte Susan, warf sie aufs Bett, vergewaltigte sie brutal, schlug auf sie ein und bespuckte sie. Als er ging, konstatierte er, dass Monster wie Susan es nicht besser verdient hätten.

Als Lucien zwei Tage später davon erfuhr, saß er den ganzen Abend neben Susan und hielt ihre Hand. In der Nacht fuhr er nach Hause, saß in seinem Arbeitszimmer und starrte an die Decke. Sein Körper schmerzte, seine Hände juckten. Dann packte er etwas Heroin auf eine Alufolie, hielt ein Feuerzeug darunter, atmete die Dämpfe ein und kam etwas zur Ruhe.

Richard Price klingelte bei Abigail. Mittwoch um achtzehn Uhr war ihre Zeit. Joan dachte, dass er wie immer zu einem illegalen Pokerspiel gehen würde. Als er durch die Tür trat, erhielt er einen Faustschlag gegen die Schläfe, einem Vorschlaghammer gleich. Er klappte sofort zusammen. Erst Minuten später öffnete er ganz langsam seine Augen. Alles um ihn herum war verschwommen. Was passiert war, begriff er nicht. Sein Kopf dröhnte und stand kurz vor dem Zerplatzen. Langsam nahm alles wieder Konturen an und er konnte allmählich seine Umgebung erkennen. Die Fesseln um seinen Körper fixierten ihn an einen Stuhl, ein Klebeband zog sich über seinen Mund. Abigail saß ihm gegenüber auf einem Sessel, ebenfalls gefesselt und geknebelt. Der gesamte Boden war mit Plastikfolie bedeckt. Er erkannte einen schlanken Mann in einem weißen Anzug und Motorradstiefeln, der weiße Lederhandschuhe trug. Neben ihm stand ein durchtätowierter Riese mit einer Ledermaske. Beide hatten Plastik um ihre Stiefel gezogen. Für Price wirkte das alles surreal, gleichzeitig übermannte ihn die Panik, während er schrie und versuchte, sich zu bewegen.

»Nun, Mr. Price, Sie fragen sich sicherlich, was das alles zu bedeuten hat«, begann Lucien. Price schüttelte sich und starrte die beiden Männer an. »Nichts im Leben bleibt ungestraft. Sie haben einer sehr guten Freundin von mir wehgetan, ihr Schmerzen zugefügt. Nun werden Sie erleben, was wirkliche Schmerzen sind.«

Lucien ging auf Abigail zu und rammte ihr einen Eispickel in den Hals und dann ins Herz. Während sie verblutete, schrie Price. Lucien stellte sich indes wieder neben Saturn.

»Nun, Mr. Price, wir alle müssen für unsere Sünden bezahlen. Falls es Sie tröstet – dem kräftigen Herrn neben mir und auch meiner Wenigkeit wird es nicht anders ergehen. Wir werden alle in der Hölle unser blaues Wunder erleben«, erklärte Lucien. Saturn nickte. »Der Schmerz hat ja auch etwas Reinigendes an sich, aber ich will Sie nicht weiter langweilen«, ergänzte Lucien ruhig, ging auf Price zu und rammte ihm den Eispickel mehrfach in Hals und Herz.

Nun packte Saturn Abigail in einen schwarzen Koffer und Price in einen zweiten. Lucien faltete die Plastikfolie zusammen und legte sie in einen dritten Koffer. Saturn zog sich eine Kapuzenjacke über, trug einen Koffer nach dem anderen zu seinem schwarzen Truck, fuhr mit den Koffern zu einem Schrottplatz, schmiss alle drei in eine Schrottpresse, die der Besitzer der Anlage sogleich in Gang setzte.

Er schuldete Saturn noch einen Gefallen, stellte keine Fragen. Im Anschluss fuhr Lucien zurück nach Hause.

Eine Woche später saß Lucien in seinem Arbeitszimmer und hörte eine Bachsonate. Marie sollte am nächsten Tag wieder zurückkehren. Lucien wollte sie am Abend vom Flughafen abholen. Es war zweiundzwanzig Uhr, als Luciens Handy klingelte. Die Nummer war unterdrückt.

»Hallo, Lucien, hier ist Takumi.«

»Takumi, du rufst mich nie an. Ist etwas passiert?«

»Lucien, es tut mir furchtbar leid, aber du bist aufgeflogen.«

»Was bedeutet aufgeflogen?«

»Von einem Kunden, der beim FBI arbeitet, hat Saturn erfahren, dass das FBI jetzt weiß, dass du der *Evil Dead*-Killer bist. Es hat möglicherweise etwas mit der Richard-Price-Sache zu tun. Irgendwie sind sie dir auf die Schliche gekommen. Sie alle sind jetzt auf dem Weg in dein Apartment.«

»Was heißt alle?«, fragte Lucien.

»Die ganze Mannschaft: Polizei, FBI, Swat-Team. Es tut mir so leid. Ich wünsche dir alles Gute, lieber Lucien. Saturn und ich denken an dich.«

»Verehrte Takumi, ich danke dir und Saturn für alles«, schloss Lucien.

Er stand auf und blickte aus dem Fenster, während er tief ein- und ausatmete. Auch wenn er sich immer sehr sicher fühlte, ahnte er gleichwohl, dass er nicht ewig mit allem durchkommen würde. Doch jetzt, da es Realität war, hatte es eine andere Dimension. Er schaute auf die Straße und sah, wie sich mehrere schwarze Autos näherten. Zudem erblickte er Polizeiautos mit Warnleuchten, aber ohne Sirenen, schwerbewaffnete Männer, die die Straße absperrten und in Richtung seines Apartments strömten wie Ameisen, die sich nicht von ihrem Weg abbringen ließen. Sie hatten eine Armee zusammengetrommelt. Lucien lauschte der Sonate, dachte an Marie und Susan. An Marie schickte er noch eine codierte Mail. Dann hörte er, wie die Wohnungstür aufgebrochen wurde. Er nahm das Samuraischwert vom Board, kniete sich hin, rammte es sich in den Bauch, zog es hoch und kippte zur Seite.

15. Kapitel

Als Marie Luciens Mail erhielt, saß sie am Flughafen von Boston. In zehn Stunden sollte es weitergehen nach Los Angeles. Es war eine lange Reise: von London nach Boston und jetzt die vielen Stunden im Flughafen, dann der Weiterflug. Sie war erschöpft und gleichzeitig etwas aufgekratzt. Endlich wieder zurück zu Lucien, zurück nach Los Angeles, zurück ins Penthouse, zurück zur Arbeit!

Die Mail, die sie erhielt, verwirrte sie:

»Marie, verzeih mir, 334466.«

Was hatte das zu bedeuten? Wollte er die Beziehung beenden? Sechs Zahlen ... Sie rief ihn an, landete aber direkt auf seiner Mailbox. Eine Mail, die sie Lucien schickte, blieb unbeantwortet. Doch auf einmal blinkte ihr Handy ständig auf. Es waren Nachrichten von ihrer Familie, von Kolleginnen und Kollegen. Sprachnachrichten, Mails und Posts über verschiedenste soziale Kanäle, jedoch keine von Lucien. Was Marie als Erstes schockierte, war der kurze Bericht, der ihr von einer Kollegin geschickt wurde über die Festnahme des mutmaßlichen *Evil Dead*-Killers und dessen Suizid kurz vor seiner Verhaftung. Sie rief ihre Mutter an, die ihr weinend erklärte, was passiert war. Bei Marie kam all das nicht wirklich an. Als sie im Flugzeug saß, dröhnte ihr Schädel und sie versuchte, sich zu sortieren. Die ganzen Informationen, die sie erhalten hatte, hielt sie für nicht real, sie konnte damit nichts anfangen.

Am Flughafen von Los Angeles warteten ihre Schwestern, das FBI und die Polizei auf sie. Claire und India weinten und nahmen sie in den Arm. Die Beamten des FBI baten Marie, sie ins Hauptquartier zu begleiten. Dort wurde sie mehrere Stunden lang verhört. Eine zielführende Aussage konnte sie nicht machen. Zu was auch? Dass Lucien angeblich der *Evil Dead*-Killer war und sich im Penthouse selbst getötet hatte? Marie stand unter Schock und empfand das alles als grotesk.

Das FBI erklärte ihr, dass sie bis auf Weiteres nicht ins Penthouse gehen könne, da noch einmal ermittelt werde. Außerdem solle sie für weitere Fragen zur Verfügung stehen.

Claire und India fuhren mit Marie nach Santa Barbara zu Lena und Charles. Dort blieb Marie vorerst. Ihr Arbeitgeber signalisierte ihr, dass sie sich Zeit nehmen solle und alle hinter ihr stünden. Doch Marie fragte sich durchaus, was das Labor und ihre Kollegen wohl wirklich dachten: von der Ehefrau eines Serienmörders, die angeblich von nichts wusste und nie einen Verdacht geschöpft hatte! Ja, Marie hatte in den letzten Monaten manchmal so etwas gehabt wie ein kurzes Aufblitzen, das bei ihr für einige Millisekunden Irritationen hervorgerufen hatte, ohne etwas Konkretes benennen zu können. Hin und wieder hatte sie sich gefragt, ob Lucien sie betrog, aber auch das hatte sie immer sehr schnell verworfen. Natürlich führten sie eine spezielle Ehe. Beide arbeiteten viel, beide hielten sich lange in ihren Arbeitszimmern auf und dennoch gab es diese Form der Innigkeit, diese außergewöhnliche Verbindung zweier Menschen, die in gewisser Weise vom Dasein entkoppelt waren – zwei Außenseiter, zwei, die sich abseits der Gesellschaft aufhielten. Das war möglicherweise eine Definition von Liebe. Marie war stets fasziniert von Luciens Ausstrahlung, seinem Charisma und der Tatsache, dass er immer von einer Aura umgeben war, die ein Geheimnis verbarg. Es hätte Marie jedoch stutzig machen sollen, dass Lucien Geheimnisse in sich trug jenseits aller Vorstellungskraft.

Sie drehte sich im Kreis, und das erschöpfte sie. Marie blieb nun die meiste Zeit in ihrem alten Zimmer, aß und trank wenig, schlief viel. Lena, Charles, India und Claire schauten nach ihr, setzten sich aufs Bett, streichelten sie: Mehr konnten sie nicht tun, sie fühlten sich machtlos. Erschwerend kam hinzu, dass die Medien herausgefunden hatten, wo sich Marie aufhielt. Reporter belagerten mehrere Wochen lang das Haus, zogen jedoch irgendwann ab, da niemand für ein Interview zur Verfügung stand. Irgendwann tauchten zwei FBI-Beamte auf und stellten Marie wieder Fragen, auf die sie jedoch erneut keine Antworten hatte.

Ein paar Tage nach seinem Suizid hatte Marie Lucien identifiziert. Seine Leiche wurde freigegeben und er wurde, wie er es sich vorgestellt hatte, eingeäschert und in einer Urne beigesetzt, anonym unter einer Rasenfläche, wo sich noch Hunderte andere Urnen befanden. Das war alles, was von ihm übrig blieb: Asche in einem Gefäß, das irgendwo lag. Zumindest wusste sie, wo sich die Wiese befand.

Sieben Wochen später kehrte Marie ins Penthouse zurück. Lena und Charles ließen sie nur schweren Herzens ziehen. Das FBI hatte das Apartment wieder freigegeben. Charles fuhr sie mit dem Auto nach Los Angeles. Unterwegs kauften sie Lebensmittel ein. Er begleitete sie nach oben. Der Anblick, der sich beiden bot, war entsetzlich: als ob Einbrecher alles durchwühlt und zerstört hätten. Das FBI hatte ganze Arbeit geleistet! Charles steuerte langsam auf den Kühlschrank zu und sortierte die Lebensmittel ein. Ratlos blickte er zu Marie herüber. Sie beruhigte ihn jedoch und erklärte, sie werde sich Zeit lassen. Charles drückte sie minutenlang und weinte, während Marie an die Wand starrte und zu keiner Reaktion fähig war. Sie verabschiedeten sich, wobei Marie versprechen musste, sich sofort zu melden, falls sie Hilfe bräuchte, egal bei was. Sie nickte. Er zog die Tür zu und verschwand.

Marie ging zur Couch, legte sich hin, zog die Decke über

den Kopf, schlief sofort ein und wachte erst am nächsten Nachmittag wieder auf.

Es vergingen Tage und Wochen, die sie die meiste Zeit schlafend verbrachte. Sieben Kilo hatte sie mindestens abgenommen, doch das war ihr völlig egal. Manchmal schlurfte sie barfuß zur Terrasse, setzte sich auf eine Liege und starrte zum Horizont. Die Sonne und das Blau des Himmels erschienen ihr unwirklich wie aus einem Traum, wie eine provokante Aufforderung, das Leben gefälligst schön zu finden. Sie legte sich hin, zog die Decke über den Kopf, wachte auf, als es schon dunkel war. Da erhob sie sich ganz langsam, ging zum Kühlschrank und trank eine komplette Flasche Orangensaft. Das tat ihr gut.

Dreiundzwanzig Uhr. Ihr Chef war um diese Zeit für gewöhnlich noch wach und saß in seinem Arbeitszimmer. Das wusste sie. Also rief sie ihn an und erklärte, sie werde kündigen, was ihn fassungslos machte. Sein Versuch, sie umzustimmen, ihr alle Zeit der Welt zu geben, fruchtete nicht.

»Marie, du bist traurig und verzweifelt. Kein Wunder! Lass dir einfach Zeit«, bat er.

»Es tut mir leid. Ich kann nicht mehr«, antwortete Marie.

»Marie, du gehörst zu den führenden Biologinnen in deinem Forschungsbereich. So etwas gibt man nicht einfach auf. Selbst wenn du noch ein halbes Jahr brauchst, ist das okay. Ich warte, wir warten.«

»Steve, es tut mir leid. Ich schicke dir alle Ergebnisse meiner Europareise und meine Kündigung.«

»Marie, bitte tu das nicht. Du wirfst dein Leben und deine Zukunft weg!«

»Das wird sich zeigen, Steve. Ich wünsche dir alles Gute. Es war eine tolle Zusammenarbeit. Ich danke dir.«

»Marie, bitte nicht!«

»Steve, es tut mir so leid.«

Marie legte auf und weinte mehrere Stunden durch.

Dann verfiel sie wieder in einen Tiefschlaf und wachte am nächsten Nachmittag auf. Steve hatte sich inzwischen mit Lena und Charles in Verbindung gesetzt, die wiederum Marie kontaktierten. Doch ihre Entscheidung stand fest.

Einen Monat später, sie lag auf der Couch und starrte an die Decke, fiel ihr plötzlich wieder Luciens Mail ein. Sie blickte auf ihr Smartphone.

»Marie, verzeih mir, 334466.«

Was sollte das? War das ein Code, eine Telefonnummer? Natürlich! Wie konnte sie nur so blöd sein? Also wählte sie die Nummer.

»Hallo, hier sind die Stadtwerke. Mein Name ist Mia. Was kann ich für Sie tun?«, fragte eine Frau.

»Die Stadtwerke?«

»Ja. Sie müssten mir bitte Ihre Kundennummer geben.«

»Sorry, ich habe mich verwählt«, log Marie.

»Kein Problem, ich wünsche Ihnen noch einen schönen Tag.«

»Danke.«

Keine Telefonnummer also. Ein Schließfach? Kurzerhand rief sie bei der Bank an.

»Haben wir ein Schließfach bei Ihnen?«, fragte Marie.

»Dazu müssten Sie mir den gemeinsamen Code durchgeben, damit ich Ihnen diese Auskunft erteilen kann«, antwortete der Mitarbeiter.

Marie fiel ein, dass sie diesen Code in ihrem Smartphone gespeichert hatte. Lucien hatte ihn damals einrichten lassen. Jetzt gab sie die achtstellige Zahl durch.

»Nein, tut mir Leid. Sie beziehungsweise Ihr Mann haben kein Schließfach bei uns.«

»Vielen Dank.«

»Ja, sehr gern. Einen schönen Tag noch.«

Auch kein Schließfach. Marie bildete Quersummen, dachte an Straßen, Plätze, Orte, die beide verbinden konnten. Sie machte sich einen Kaffee und rief unten beim

Portier an, ob er ihr Zigaretten besorgen könne. Zwanzig Minuten später klingelte es an der Tür. Er hatte eine kleine Papiertüte an den Türgriff gehängt mit einer Packung Zigaretten darin und war danach gleich wieder weggegangen. Er war immer sehr höflich und dezent. Die wenigen Male in den letzten Wochen, als sie sich kurz gesehen hatten, hatte er sie sehr mitfühlend angesehen. Edward war ungefähr sechzig Jahre alt, ein feiner Mann, freundlich und zurückhaltend. Anzug, Hemd und Krawatte wirkten stets wie gerade frisch aus dem Bügelautomaten entsprungen. Im Haus bewohnte er ein Ein-Zimmer-Apartment im Erdgeschoss. Marie mochte ihn.

Vor zehn Jahren hatte sie an sich aufgehört mit dem Rauchen. Jetzt trank sie zwei Tassen Kaffee und rauchte drei Zigaretten. Es war ein Genuss, auch wenn ihr dabei leicht schwindelig wurde. Dann fiel es ihr ein: der Safe! Natürlich! Doch als sie Luciens Arbeitszimmer betrat, fiel es ihr wieder ein. Das FBI hatte ja den Safe aufgebrochen und dort nur einen Eispickel vorgefunden. Also konnte es auch keine Zahlenkombination für den Tresor sein.

Da kam ihr plötzlich ein verrückter Gedanke. Sie hielt ihr Smartphone vor den Safe und gab die sechs Zahlen ein. Nun traute sie ihren Augen nicht. Die Rückwand öffnete sich und ein Buch kam zum Vorschein. Zitternd nahm sie es in die Hand, ging damit zur Couch und betrachtete es ungläubig. Eingebunden in schwarzes Leder, war es eher so etwas wie ein Tagebuch. Marie klappte es auf. Darin stand einfach nur …

… Lucien

Liebste Marie, wenn Du diese Zeile liest, bin ich nicht mehr am Leben. Ich wünschte, ich könnte Dir all das ersparen, was Du über mich hören und gleich lesen wirst. Lange habe ich überlegt, ob ich so ein Buch überhaupt schreiben soll. Es wird für Dich eine

Zumutung sein. Möglicherweise wird es jedoch zum Teil auch Fragen, beantworten, die Du hast, soweit Dinge überhaupt beantwortbar sind. Alles, was Du gleich lesen wirst, sind Dinge, die ich nicht bereue: kein Bedauern, kein Selbstmitleid. Ich bin der Schmerz und habe anderen Schmerzen zugefügt. Ich trage den Schmerz dieser Welt auf meinen Schultern und gebe ihn weiter. Das ist meine Mission, meine Katharsis. Es ist, wie es ist.

Leider – und das ist das Einzige, was ich bereue – habe ich Dir mit meinem Doppelleben Leid zugefügt. Ich hätte deswegen dennoch nicht auf mein Doppelleben verzichtet, weil die Dinge, die ich getan habe, Dinge waren, die ich machen wollte, musste und konnte. Es waren Bedürfnisse und Sehnsüchte, die nach Befriedigung lechzten. Der Schmerz ist mein Walhalla, mein Armageddon. Ich bin ein apokalyptischer Reiter, der seine bösen Geister immer wieder für eine neue Schlacht versammelt. Ich bin ein Enthüller und ein Träumer, der seinen dunklen Begierden nachgeben muss und das Verlangen hat zu vernichten. Der Zorn und die Botschaft, das bin ich.

Was Marie las, erschütterte sie. Lucien berichtete von seinem ersten Mord an seinem Mitschüler, der Ermordung seiner Eltern, dem Auslöschen der Familien, dem Doppelmord an Abigail und Richard Price. Sie erfuhr von seinen Besuchen bei Susan, Lady Tormentum, Takumi, Saturn und dem Vorhandensein der geheimen Kammer mit den Männern in den Käfigen. Bislang hatte sie es nicht wirklich realisieret, dass Lucien für den Mord an so vielen Familien verantwortlich war. Seine Beichte war für sie erlösend und gleichzeitig wurde alles real. Wenn es so etwas wie eine Ahnung gegeben hatte, bezog die sich höchstens auf eine Affäre. Doch seine sexuellen Obsessionen verwirrten sie dann doch. Alles las sie noch einmal, legte es zur Seite und betrachtete die Wand. Mit wem hatte sie die vielen Jahre nur zusammengelebt? Was hatte ihn so an dieser Susan fasziniert, an Takumi und Saturn, den Käfigen, all den

Familien, den Kindern, seinen Eltern, dem Mitschüler? Warum die Doppelmorde? Was hatte es mit der armen Abigail auf sich?

Sie rannte ins Bad und musste sich übergeben. Dann kippte sie zur Seite und blieb ohnmächtig neben der Kloschüssel liegen. Irgendwann in der Nacht wachte sie auf. Mit letzter Kraft erhob sie sich, taumelte in die Küche, trank ein Glas Wasser, legte sich auf die Couch und schlief sofort wieder ein.

Gegen Mittag klingelte es an ihrer Tür, nur einmal. Dann hörte sie Schritte, die sich schnell entfernten. Sie ging zur Tür, schaute durch den Spion und konnte niemanden erkennen. Marie machte auf, nahm die Papiertüte, die am Griff hing, schloss wieder zu und legte die Tüte auf die Couch. Sie kochte Kaffee und kam langsam wieder zu sich.

In der Tüte war eine Karte.

Beste Grüße, Hochachtungsvoll. Edward.

Dann waren da noch mehrere Schachteln Zigaretten und Briefe. Jetzt fiel es ihr ein: Sie hatte ja die letzten fünf Wochen den Briefkasten nicht geleert, draußen war sie schon seit Monaten nicht mehr gewesen. Ihre Ernährung bestand aus Kaffee, Rotwein, Zigaretten und Pizza, die sie ab und zu bestellte und von der sie drei oder vier Tage lang aß. Die Briefe enthielten viel Werbung, einer war von einer Kollegin, die sich nach Maries Befinden erkundigte, außerdem waren Kontoauszüge darunter. Auf ihrem Konto war so viel Geld, dass sie noch Jahre im Penthouse verbringen könnte, ohne zu arbeiten.

Ihre Eltern riefen sie an. Charles und Lena machten sich große Sorgen. Gleichzeitig waren sie bemüht, Marie nicht zu bedrängen, ihr Zeit zu lassen und sich nicht in ihr Leben einzumischen. Das Telefonat, in dem Marie eher mechanisch antwortete, dauerte eine halbe Stunde. Dann legte sie auf und nahm Luciens Buch zur Hand. Es waren fünfzig vollgeschriebene Seiten. Marie las sie erneut. Danach schlurfte sie wie eine alte, kranke Frau zur Terrasse, legte sich auf die Liege, öffnete eine Flasche Rotwein, trank und rauchte, während kleine Wolken an ihr vorbeizogen. Langsam wurde es dunkel und sie lauschte den Geräuschen der Großstadt, die wie ein Schlaflied wirkten.

Am nächsten Vormittag wachte sie auf und blickte in den strahlenden Himmel, den sie gleichgültig betrachtete. Sie erinnerte sich an Albträume, in denen sie von Werwölfen und Vampiren gejagt wurde. Ganz bedächtig erhob sie sich und schlich ins Bad, duschte und bestellte anschließend eine Pizza.

Nach diesem Prinzip verliefen komplett die nächsten zwölf Monate.

16. Kapitel

Als Marie ein Jahr später morgens in den Spiegel blickte, erschrak sie wegen dem, was sie sah. Ihre Haare waren zerzaust, ihr Gesicht eingefallen, die Fingernägel lang und verdreckt. Sie trug seit einem Monat dasselbe schmutzige Nachthemd. Auf ihre Tätowierung starrte sie entsetzt und fasziniert zugleich. Das Kreuz erinnerte sie an längst vergangene Zeiten, als alles noch irgendwie normal und gut war. Sie setzte sich auf die Toilette, fing an zu weinen und konnte gar nicht mehr damit aufhören.

Nach zwei Stunden erhob sie sich, schnitt ihre Fingernägel ab, warf das Nachthemd in den Mülleimer, rasierte sich eine Glatze und stellte sich eine Stunde unter die Dusche.

Marie wollte und konnte so nicht weitermachen, obwohl ihr klar war, dass bestimmte Dinge für sie nun nicht mehr infrage kamen. Mit dem Labor und ihrer Arbeit hatte sie abgeschlossen. Sie wollte auf keinen Fall mehr zurück. Nach dem, was passiert war, wollte sie eigentlich zu nichts mehr zurück. Jetzt ging es erst einmal um ganz banale Entscheidungen.

So beschloss sie, nach über einem Jahr endlich einmal die Wohnung zu verlassen. Sie zog ein T-Shirt, eine weite Schlafhose und Badelatschen an. Mit dem Fahrstuhl fuhr sie herunter und begrüßte Edward. Der lächelte sie an und hatte Tränen in den Augen. Marie ging in den Park gegenüber, kaufte sich einen großen Milchshake, Nüsse und Äpfel, setzte sich auf eine Bank, betrachtete die Menschen, die an ihr vorbeizogen, trank den Shake aus, aß die Nüsse und die Äpfel auf. Das wurde zu ihrem neuen täglichen Ritual: duschen, frische Sachen anziehen, Edward begrüßen, in den Park gehen und sich auf eine Bank setzen. Sie kaufte sich stets einen großen Shake und Obst. Nach ein paar Wochen kam noch ein Sandwich dazu, belegt mit Käse und viel Gemüse. Marie saß täglich zwei bis drei Stunden auf der Bank und fing an, die Sonnenstrahlen zu genießen, die ihren Körper wärmten. Ein wenig nahm sie zu, bekam eine gesündere Hautfarbe und hatte inzwischen wieder ihre gute alte Jean-Seberg-Frisur. Das ging drei Monate so, bis sie eines Tages in der Lage war, Edward anzusprechen.

»Edward, wie geht es Ihnen?«

»Vielen Dank, Mrs. …«

»Nein, sagen Sie Marie.«

»Sehr gern, Marie. Danke, mir geht es gut.«

»Schön.«

»Marie, Sie machen einen besseren Eindruck. Ich freue mich darüber.«

»Danke, Edward. Sie waren die letzten anderthalb Jahre sehr gütig und geduldig mit mir«, fuhr Marie etwas verlegen fort.

»Aber, Marie, ich bitte Sie, ich habe kaum etwas für Sie gemacht, und das wenige war selbstverständlich.«

»Nein, Sie waren eine große Stütze.«

»Es freut mich, dass Sie das so erlebt haben.«

»Bis morgen, Edward.«

»Bis morgen, Marie.«

Sie fuhr mit dem Fahrstuhl hoch und lächelte zum ersten Mal seit langem wieder. Dann nahm sie Luciens Buch, machte sich ein paar Notizen in einem vollgekritzelten Kalender und verbrannte das Buch anschließend auf der Terrasse.

Einen Monat später kam sie aus dem Park zurück und lächelte Edward an. Er stand wie immer hinter einem halbmondförmigen weißen Designertisch und machte sich irgendwelche Notizen. Auf dem Tisch befanden sich all die Dinge, die er für seinen Job benötigte: ein Computer, mehrere Telefone, Smartphones, Kalender, Notizbücher,

Stifte. In dem Raum, den man durchqueren musste, um zu den Fahrstühlen zu gelangen, stand eine Statue in einer Ecke und in der anderen eine Palme. Die Empfangshalle war ungefähr fünfzig Quadratmetern groß. Besucher mussten sich bei Edward anmelden und ihr Anliegen kurz vortragen. Unter dem Tisch befand sich ein Knopf, den Edward drücken konnte, um einen privaten Sicherheitsdienst zu alarmieren, der dann innerhalb von zwei Minuten auftauchte.

»Edward?«

»Ja, Marie?«

»Hätten Sie Lust auf eine Unterhaltung?«

»Wie meinen Sie das?«, fragte er irritiert.

»Ich dachte mir, dass wir uns zusammen hinsetzten und unterhalten könnten.«

»Meinen Sie jetzt?«

»Nein, Edward. Ich meine irgendwann, wenn Sie frei haben.«

»Nun, Marie, eigentlich ist mir der Kontakt zu den Bewohnern nicht gestattet.«

»Bitte, Edward. Niemand wird es erfahren.«

Er zögerte kurz, aber er wollte und konnte es ihr nicht abschlagen. Also verabredeten sie sich für den nächsten Tag um einundzwanzig Uhr in seinem Apartment.

Marie klingelte. Sie sah aus wie immer: ein T-Shirt, eine weite Schlafhose und Badelatschen. Edward trug einen sehr feinen Anzug, ein zugeknöpftes weißes Hemd und polierte Schuhe. Sie trat ein und war überrascht. Das Apartment bestand fast nur aus Büchern. Es gab sonst nur noch eine kleine Küche mit einem Esstisch. Ansonsten stand in der kleinen Wohnung noch ein Bett und ein relativ großer Kleiderschrank. In einer Ecke befand sich ein gemütlicher Sessel. Vom Boden bis zur Decke stapelten sich Bücher in mehreren Reihen hintereinander.

»Meine Güte, Edward, so viele Bücher!«

»Ja, Marie, meine zweite Leidenschaft neben der Arbeit.«
»Sie arbeiten gern?«
»Ja, das tue ich.«
Sie stand vor einem der Regale und schaute auf die Titel.
»Haben Sie alle Werke von Marcel Proust gelesen?«
»Ja, Marie, mehrfach.«
»Sie haben auch sehr viel japanische Literatur. Eine ganze Sammlung: Kenzaburo Oe, Yasushi Inoue, Yasunari Kawabata, Masuji Ibuse, Minako Oba, Kazuko Saegusa, Shuntaro Tanikawa, Taeko Kono, Banana Yoshimoto und« – Marie erschrak, als sie den Namen las – »Yukio Mishima.«
»Ja, Marie, ich weiß: Yukio Mishima, Luciens Lieblingsschriftsteller. Ich hätte diese Bücher weglegen sollen.«
»Nein, Edward, es ist in Ordnung. Es war nur ein kurzer Schock. Ich denke sowieso täglich an Lucien.«
»Ja, das kann ich mir vorstellen, Marie.«
»Wie sollte ich auch aufhören, an ihn zu denken?«
»Der Schmerz wird bleiben, jedoch im Laufe der Zeit verblassen«, sagte Edward.
»So wird es wahrscheinlich sein.«
»Marie, Sie werden Ihren Weg schon gehen.«
»Tja, ich lasse mich überraschen. Hm, Yukio Mishima«, sinnierte Marie nachdenklich.
»Marie, ich habe mich mehrfach mit Ihrem Mann über japanische Literatur ausgetauscht. Er kannte sich sehr gut aus, insbesondere über Yukio Mishima. Lucien war förmlich besessen von ihm.«
»Ja, Edward, das stimmt.«
»Ich hatte manchmal den Eindruck, dass er sich als seinen Nachfolger angesehen hat.«
»Wie meinen Sie das?«
»Es ging über Besessenheit noch hinaus. Er hat sich förmlich mit ihm identifiziert.«
»Ja, auch das würde zu Lucien passen«, erklärte Marie.
»Wissen Sie, Marie, es mag zwar komisch klingen, aber

ich mochte Lucien und denke durchaus auch immer wieder mal gerne an ihn zurück. Er war klug, gebildet, höflich, freundlich, ein echter Gentleman. Lucien war ein Engel und leider auch die Personifizierung des Bösen. Als ich erfuhr, was er getan hat, war ich natürlich entsetzt und schockiert. Aber es hat mich auch nicht wirklich überrascht.«

»Tatsächlich?«

»Ja, Marie.«

»Wie kommt das, Edward?«

»Ich habe manchmal etwas in seinen Augen gesehen, das ich nicht richtig beschreiben kann. Hinzu kommt seine Faszination für Issei Sagawa.«

»Sie meinen den Mörder?«

»Ja, Marie, wir alle haben ein hochambivalentes Verhältnis zum Bösen. Wir sind einerseits fasziniert und gleichzeitig angewidert. Das Böse fasziniert uns sicherlich auch deshalb, weil wir auf eine Art gespiegeltes Ich in einer düsteren Parallelwelt stoßen.«

»Ja, das klingt einleuchtend.«

»Nur bei Lucien hatte ich den Eindruck, dass diese Ambivalenz nicht vorhanden war in Bezug auf Issei Sagawa.«

»Ja, ich verstehe. Mein Gott, Edward, bin ich blind gewesen?«

»Nein, Marie. Sie haben ihn geliebt. Was Lucien getan hat, liegt außerhalb jeglicher Vorstellungskraft. Außerdem sind es Nuancen gewesen, die mir aufgefallen sind. Retrospektiv betrachtet, ergibt das alles einen Sinn. Damals habe ich es lediglich registriert. Im Nachhinein sind wir immer schlauer.«

»Okay, das beruhigt mich.«

»Wir können uns in die Küche setzen und ein Glas Wein trinken«, schlug Edward vor.

»Ja, sehr gern.«

Marie setzte sich an den Tisch. Edward öffnete eine

Flasche Rotwein, goss etwas in Maries Glas, die einen Schluck kostete.

»Wunderbar.«

»Das freut mich, Marie.« Er füllte ihr Glas und schenkte sich ebenfalls ein. »Ist es für Sie in Ordnung, wenn ich ein Zigarillo rauche?«

»Überhaupt kein Problem, Edward. Ich würde auch gerne eine Zigarette rauchen.«

»Selbstverständlich.«

So saßen sie beide am Tisch, genossen den Wein, rauchten und lauschten der leisen Jazzmusik vom Plattenspieler. Bald konnte Marie nicht anders und musste sich Edward anvertrauen. Sie erzählte ihm alles. Edward hörte zu, während ihm Tränen über die Wangen liefen. Marie starrte ihn an. Eine eigentümliche Stille entstand. Edward blickte an die Decke, atmete tief ein und aus.

»Marie, das ist alles entsetzlich. Wie kommen Sie damit zurecht?«

»Ich habe den Eindruck, dass ich ganz langsam versuche, ins Leben zurückzufinden.«

»Meine Güte, wie schrecklich!«

»Edward, es tut mir leid, dass ich Sie damit belaste, aber ich kann mich sonst niemandem anvertrauen«, erklärte Marie und fing an zu weinen. Als sie sich wieder beruhigt hatte, betrachtete Edward sie.

»Es ist gut, dass Sie mir das alles erzählt haben. Natürlich ist es furchtbar. Aber ich fühle mich geehrt, dass Sie mir soviel Vertrauen entgegenbringen.«

»Ja, ich habe das Gefühl, dass Sie eine sehr verschwiegene und vertrauenswürdige Person sind.«

»Es freut mich, Marie, dass Sie das so erleben. Wenn es Ihnen hilft, können wir uns gerne gelegentlich in meiner Küche zusammensetzen.«

»Edward, das wäre sehr schön. Ich möchte Sie jedoch nicht belasten.«

»Wenn das so wäre, würde ich es Ihnen nicht anbieten.«

Sie lauschten beide wieder der Musik. Marie betrachtete Edward.

»Edward, darf ich Sie etwas Persönliches fragen?«

»Natürlich.«

»Sind Sie verheiratet? Sie tragen einen Ring.«

»Ich war verheiratet. Mein Ehemann ist vor zehn Jahren verstorben. Der Ring erinnert mich immer an ihn und die glücklichste Zeit meines Lebens. Immerhin durfte ich ihn fünf Jahre lang an meiner Seite haben. Er war die große Liebe meines Lebens.«

»Oh, das tut mir sehr leid, Edward.«

»So ist das Leben, Marie.«

Sie schwiegen erneut. Während die Musik weiterlief, hatten beide Tränen in den Augen.

17. Kapitel

Auf der ganzen Welt gibt es Orte, die so trist sind, dass man sich fragt, wie Menschen dort leben und es überhaupt aushalten können. Solche Plätze hat es schon immer gegeben. Es ist anscheinend eine Vorsehung, dass Menschen in solchen Gegenden geboren werden, um auf diese Weise den Beweis anzutreten, dass die größte denkbare Tristesse vielleicht doch nicht ganz so schlimm ist. Eine solche Stadt ist Darien in Illinois.

Kelly wurde in einem Trailerpark in Darien geboren. Die Wehen ihrer Mutter setzten so schnell ein, dass die Nachbarin Kelly zur Welt bringen musste. Wie durch ein Wunder überlebten Mutter und Tochter. Die Nachbarin packte anschließend beide in ihren Wagen und fuhr ins nächstgelegene Krankenhaus, in dem Kelly und ihre Mutter Celine versorgt wurden. Kelly wies ein normales Gewicht auf, was nicht unbedingt selbstverständlich war angesichts der Tatsache, dass viele in dem Trailerpark Alkoholiker und Crystal-Meth-Junkies waren. Celine hatte tatsächlich all dem widerstanden. Sie hatte zwei Putzstellen und einen Job in einer Tankstelle. Gelegentlich trank sie ein Bier, das war jedoch auch schon alles. Der leibliche Vater war während der Schwangerschaft abgehauen. Deshalb zog Celine ihre drei Kinder alleine groß: die beiden vier Jahre alten Zwillinge Alice und Vanessa und nun Kelly. Da Celine viel arbeiten musste, passte ihre Nachbarin oft auf die Kinder auf. Die trank und kiffte zwar, allerdings nur abends, was sie zu einer relativ zuverlässigen Tagesmutter machte. Zwischendurch ging sie auf den Strich, jedoch nur zweimal in der Woche nachts für ein paar Stunden.

So wuchsen Alice, Vanessa und Kelly auf merkwürdige

Art dennoch behütet auf. Die Felder neben dem Highway rundherum waren für die Mädchen wie ein Abenteuerspielplatz, auf dem sie sich austoben konnten. Sie veranstalteten Schwertkämpfe mit Ästen, Weitwurf mit Steinen und bauten Burgen für ihre Barbies. Wenn Celine nicht arbeitete, war sie eine fürsorgliche Mutter, die darauf achtete, dass ihre Töchter, soweit finanziell möglich, gesundes Essen erhielten. Manchmal bekam Celine von der einen Familie, bei der sie sauber machte, Nahrungsmittel geschenkt: Putenfleisch, Kartoffeln, Eier, Reis, Gemüse und Obst.

So vergingen die Jahre. Kelly ging zur Schule. Sie war keine schlechte Schülerin, aber auch nicht besonders ehrgeizig. Ab und zu schwänzte sie und trieb sich in den Wäldern herum oder saß auf irgendwelchen Hügeln und betrachtete die vielen Schornsteine der Industrieanlagen. Als sie zehn Jahre alt war, änderte sich einiges. Da lernte ihre Mutter Jake kennen. Er war nicht gerade ein Hauptgewinn. Celine hatte sich jedoch in ihn verliebt. Und Liebe ist eben wie ein psychotischer Zustand, in dem alles Negative ausgeklammert wird. Jake war Alkoholiker und arbeitslos. Problematisch war, dass er auf Mädchen zwischen zehn und dreizehn Jahren stand. Alice und Vanessa waren für ihn daher nicht interessant. Kelly passte hingegen genau in sein Beuteschema. Wenn Celine arbeiten ging, musste Kelly ihn mit Hand oder Mund befriedigen. Das ging drei Jahre so, dann verlor er das Interesse an ihr. Leider war er darüber hinaus impulsiv und gewalttätig und schlug hin und wieder Celine. Sie liebte ihn jedoch und hatte weder den Mut noch die Kraft sich von ihm zu trennen. Vom sexuellen Missbrauch erfuhr sie nichts.

Als Kelly fünfzehn war, ging sie fast gar nicht mehr zur Schule. Celine putzte weiterhin und arbeitete in der Tankstelle, Jake hing rum und betrank sich. Alice und Vanessa wurden schwanger und lebten mit ihren Männern ebenfalls im Trailerpark, nur ein paar Meter entfernt von Celine, Kelly und Jake.

Kelly freundete sich mit einigen Typen in ihrem Alter an: Maniac, Hellboy und Chris. Sie handelten mit Drogen, fuhren nachts mit gestohlenen Autos in der Gegend herum, prügelten sich mit anderen Jungs. Sie sahen Kelly aus irgendeinem Grund als gleichberechtigt an, zeigten ihr, wie man kämpft, und trainierten mit ihr auf dem *heiligen Platz*. Das war so etwas wie ihr Fitnessstudio. Maniac war der Wildeste von ihnen. Er sah aus wie der junge Leonardo DiCaprio mit Irokesenschnitt und einer mit Nieten besetzten schwarzen Lederjacke. Seine Eltern saßen im Gefängnis. Er lebte bei seinem Onkel im Trailerpark. Der Onkel war jedoch fast nie da. Hinter dem Wohnwagen hatten die Jungs alles Mögliche aufgebaut und gesammelt: Stangen, Hanteln und ein Brett fürs Bankdrücken. Dort trainierten sie alle: Klimmzüge, Liegestütze, Boxen, und Kelly war immer dabei.

Schließlich wurden Kelly und Maniac ein Paar. Nachts setzten sie sich in gestohlene Trucks, die von Hellboy kurzgeschlossen wurden, drehten *Metallica* oder *Sybreed* auf und brausten über den Highway. Eines Abends saßen sie zu viert am Lagerfeuer, tranken Bier und Whisky und drehten einen fetten Joint nach dem anderen, der sodann die Runde machte. Aus dem Ghettoblaster dröhnte laute Punk-Musik. Sie lachten, schrien, gröhlten. Maniac hatte einen schlechten Trip und schlug sich eine Bierflasche über den Kopf und das Blut floss nur so über sein Gesicht. Er grinste und zog erneut am Joint, während er Kellys Hand ergriff. Plötzlich fing sie an zu weinen. Alle starrten sie an. Hellboy machte die Musik aus. Die Jungs waren völlig verunsichert. Maniac nahm sie in den Arm und fragte, ob er etwas falsch gemacht hätte. Nach zehn Minuten beruhigte sich Kelly. Die Jungs schauten sie an und wussten nicht, was sie davon halten sollten. Dann berichtete sie von dem sexuellen Missbrauch durch Jake. Die Jungs schauten betreten zu Boden, Maniac hatte Tränen in den Augen.

Am nächsten Abend kam Jake torkelnd nach Hause. Er hatte sich zusammen mit einem Freund, der ebenfalls schwerer Alkoholiker war, betrunken. Jake stand nun vor dem Trailer und betrachtete die Sterne. Er erhob seine Hand, versuchte die Himmelskörper zu zählen, nahm immer wieder neuen Anlauf und grinste dabei. Ihm fiel ein, dass noch Dosenbier im Kühlschrank stand. Das wollte er sich zum Abschluss des Abends noch gönnen, vielleicht auch noch etwas von dem Kuchen, den Celine gebacken hatte. Maniac, Hellboy und Chris fingen ihn ab, zogen ihm eine schwarze Kapuze über den Kopf, Hellboy schlug ihn bewusstlos, dann packten sie ihn in einen Truck und fuhren zu einer Lichtung. Dort zog Hellboy ihm die Kapuze wieder vom Kopf und bevor Jake überhaupt reagieren konnte, schlug ihm Maniac mit der Faust in den Magen. Jake drehte sich alles und er fiel auf den Boden. Doch sie hielten ihn fest, schnitten seinen Schwanz ab und steckten ihn ihm in den Mund. Anschließend schlugen sie mit Baseballschlägern auf ihn ein.

Als man Jakes Leiche ein paar Tage später fand, glich der Fundort einer riesigen Gulaschplatte. Die drei wurden festgenommen. Kelly hatte Jake zwar gehasst und ihm oft den Tod gewünscht, doch diese Lawine, die die Jungs losgetreten hatten, hatte sie auf keinen Fall gewollt.

Sie haute ab und schlug sich ein paar Jahre in Wisconsin durch. Dort bewarb sie sich bei der Armee. Den fehlenden Schulabschluss glich sie aus, da sie extrem durchtrainiert war. Einige Jahre später war sie Mitglied einer Spezialeinheit. Sie beherrschte verschiedenste Kampfsportarten: Muay Thai, Karate und Aikido. Es gab stets nur kurze Affären mit Männern und Frauen. Nach zehn Jahren Einsätzen im Ausland gab sie den Job auf und arbeitete fortan als Personenschützerin.

18. Kapitel

Marie kam vom Park zurück, nickte kurz in Edwards Richtung und steuerte den Fahrstuhl an. Sie stieg ein und die Fahrstuhltüren waren bereits fast zu, da schob sich eine Hand dazwischen. Kelly trat ein und lächelte. Sie standen nebeneinander und jede drückte einen anderen Knopf. Kelly war mit ihren eins vierundsiebzig zehn Zentimeter größer als Marie. Marie betrachtete sie kurz von der Seite. Kelly hatte lange schwarze Haare, die sie hinten zu einem Zopf zusammengebunden hatte, blaue Augen, hohe Wangenknochen und einen sehr sinnlichen Mund. Sie trug eine enge Camouflage-Hose, ein schwarzes Träger-Shirt und Springerstiefel. Marie bewunderte Kellys durchtrainierten Körper und ihren gebräunten Teint. Sie hatte Tätowierungen auf beiden Ober- und Unterarmen: asiatische Schriftzeichen, Waffen und Kreuze. Marie nahm ein sehr angenehmes, fast erregendes Parfüm wahr, wodurch ihr fast etwas schwindelig wurde. Kelly schaute kurz zu Marie herüber und lächelte sie erneut an. Dann öffnete sich die Tür und sie wünschte ihr noch einen bezaubernden Tag.

Marie lag nachts wach in ihrem Bett und war verwirrt. Sie musste ständig an die Frau aus dem Fahrstuhl denken. Wer war diese Frau? Sie hatte sie noch nie vorher gesehen. War sie neu eingezogen? Andererseits hatte Marie die Wohnung fast anderthalb Jahre nicht verlassen und davor immer viel gearbeitet.

Am nächsten Tag kaufte sie sich eine Yogamatte, kleine Hanteln und fing an, auf der Terrasse zu trainieren. So erweiterte Marie ihre täglichen Rituale: frühstücken, eine Stunde lang in der Wohnung sauber machen, auf der Terrasse trainieren, duschen, in den Park gehen.

Zwei Monate später stand Marie vor dem Fahrstuhl und wollte hochfahren. Da stand plötzlich Kelly neben ihr. Kelly grüßte sie freundlich und Marie versuchte, nicht zu erröten. Beide stiegen ein. Kelly sah wieder umwerfend aus.

»Ich ziehe heute Abend ein bisschen um die Häuser. Vielleicht hast du ja Lust, mich zu begleiten?«

»Ich?«, fragte Marie verschreckt.

»Ja, fuck, sonst ist hier ja niemand im Fahrstuhl«, konterte Kelly und musste lachen.

Bei Marie drehte sich kurz alles, dann kam sie zu sich.

»Gut.«

»Okay, ich warte unten vor dem Eingang auf dich. Um zweiundzwanzig Uhr«, bestimmte Kelly.

»Gut.«

Kelly verließ den Fahrstuhl, drehte sich noch einmal um und lächelte Marie mit dem umwerfendsten Lächeln an, das sie je gesehen hatte. Und das Einzige, was Marie antworten konnte, war »Gut«? Peinlich, dachte Marie, wie eine verschrobene alte Frau.

In ihrer Wohnung schaute sie auf die Uhr. Es war jetzt sechzehn Uhr. Ihr Herz schlug wild, sie bekam kaum Luft und musste sich setzten. Dann stand sie wieder auf, lief herum, rauchte, ging auf die Terrasse, schaute auf die Straße, in den Himmel, auf die Hausdächer und zündete sich erneut eine Zigarette an. Dann ging sie ins Bad und betrachtete sich im Spiegel, drehte um und steuerte erneut auf die Terrasse zu, machte Yoga, drei Liegestütze, trainierte mit den Hanteln und ging wieder zurück ins Bad. Ihre Frisur fand sie plötzlich blöd. Also nahm sie die Haarschneidemaschine und rasierte sich eine Glatze. Dann drehte sie Punk-Musik auf, tanzte, hüpfte, rauchte und fiel schließlich auf die Couch, auf der sie völlig erschöpft einschlief.

Als sie erwachte, blickte sie panisch auf den Wecker: einundzwanzig Uhr. Marie drehte die Musik ab und wunderte sich, dass sich bislang niemand beschwert hatte. Sie ging unter die Dusche, stand dann im Schlafzimmer vorm Spiegel und betrachtete sich, trug ein wenig Schminke auf, zog die Augen mit Kajal nach und entschied sich für ihr altes Outfit: schwarze Lederhose, rote Schnürstiefel, enge schwarze Lederjacke und darunter nur einen BH. Würde das der Fahrstuhlfrau gefallen? Marie machte sich einen doppelten Espresso. Ihr Herz war kurz vorm Explodieren.

Nun fuhr sie mit dem Fahrstuhl nach unten, lief durch die Halle, begrüßte kurz José, der Nachtdienst hatte, und stellte sich auf den Bürgersteig. Es war angenehm warm, jedoch nicht zu heiß. Sie zündete sich eine Zigarette an, um nicht völlig durchzudrehen, und endlich tauchte Kelly auf. Sie trug eine enge schwarze Jeans, schwarze Springerstiefel und ein gelbes T-Shirt, auf dem *Sweet* stand. Kelly kam direkt auf Marie zu und küsste sie auf den Mund. Marie hatte einen kurzen Schweißausbruch.

»Ich bin Kelly.«

»Marie.«

»Fuck, du hast dir die Haare abrasiert, Marie. Sieht scharf aus!«

»Findest du?«

»Ja, fuck, und dein Style ist auch cool, besser als deine Schlafhose und die Badelatschen, Süße.« Marie musste lachen. Sie gingen los und ließen sich durch Silver Lake treiben. »Wo wollen wir denn hin?«, fragte Kelly.

»Ich habe keine Ahnung. Ich bin seit Jahren nicht mehr weg gewesen.«

»Fuck, das ist nicht dein Ernst!«

»Doch, das ist so.«

»Meine Güte, Marie, dann lassen wir es heute so richtig krachen, Kleine. Wir gehen in eine Bar, okay?«

»Ja, toll«, fand Marie. Kelly war wie eine Amazone, die aus einer fremden Welt zur Erde gesurft war: selbstbewusst, anmutig und wunderschön. »Du bist ziemlich durchtrainiert.«

»Ist das ein Kompliment?«

»Auf jeden Fall, aber vielleicht auch eine Frage.«

»Ich bin Personenschützerin und früher war ich in der Armee.«

»Wow!«, rief Marie voller Bewunderung aus.

»Ist nichts Besonderes, Kleine. Ein Job. Ein Job, bei dem ich trainiert sein muss. Und du?«

»Was meinst du?«

»Na ja, was machst du?«

»Ich bin Biologin, aber arbeite zurzeit nicht.«

»Biologin, nicht schlecht.«

Die Straßen waren belebt. Cafés, Bars, Galerien, Reklameschilder, Musiker – es war eine typische Freitagabend-Situation in Silver Lake: eine angenehme Wärme, gepaart mit einer barock anmutenden Farbigkeit. Menschen waren unterwegs, saßen auf Bänken oder bildeten Gruppen. Marie inhalierte den Geruch des Asphalts und fühlte sich lebendig. Sie waren nun seit zwanzig Minuten unterwegs, dann standen sie vor einer Bar namens *Mox*. Vor dem Eingang standen zwei gepiercte Bodybuilderinnen, die ihnen die Tür öffneten. Kelly ging vor, und Marie folgte ihr. Es war eher eine Mischung aus einem Club und einer Bar. Kelly steuerte die Theke an, nickte der Bedienung zu und bestellte zwei Bier. Überall standen, saßen oder tanzten Frauen, ausschließlich Frauen.

»Das ist eine Lesbenbar?«, fragte Marie.

»Fuck, ja, Baby. Hast du ein Problem damit?«

»Nein.«

»Prost, Marie.«

Ein kühles Bier in einer Bar mit einer bezaubernden Amazone. Marie konnte es kaum glauben, dass sie abends unterwegs war. Kelly trank das Bier in einem Zug aus, während Marie gerade ihren dritten Schluck nahm. Kelly bestellte noch einmal zwei Flaschen. Marie starrte auf Kellys Brüste und bewunderte die perfekten Rundungen. Kelly trank die zweite Flasche halb leer, berührte mit ihrem Daumen Maries Lippen, strich ihr über den Kopf und den Nacken. Marie war wie paralysiert und zugleich erregt. Da presste Kelly Marie an sich, küsste sie und ließ ihre Zunge in Maries Mund kreisen. Sie küssten sich fünf Minuten lang, während Marie immer wieder Kellys Brüste berührte. Kelly fasste Marie in die Hose und berührte ihren Hintern. Sie waren regelrecht ineinander verschlungen, wie Wirbel, bei denen einer in den anderen übergeht.

»Marie, du bist wunderschön«, bemerkte Kelly.

»Kelly, du machst mich verlegen!«

»Warum verlegen, Kleine? Es ist so.«

Sie küssten sich erneut und waren wie festgeklebt. Dann tranken sie Bier und küssten sich wieder. Das ging eine Stunde lang so. Danach steuerten sie auf die Tanzfläche zu und bewegten sich zur Musik, als ob sie ein Leben lang nichts anderes getan hätten, als für diese Nacht vorbereitet zu sein. Zwei Stunden tanzten sie, lachten, küssten und berührten sich. Dann gingen sie zur Bar zurück.

»Marie, lass uns nach Hause gehen.«

»Ja«, antwortete Marie.

Kelly bezahlte und sie verließen den Laden. Es war zwei Uhr nachts. Sie liefen Hand in Hand, scherzten, küssten sich, gingen weiter.

»Hey, ihr zwei Lesben, was macht ihr in unserem Block?«

Als sie sich umdrehten, erblickten sie drei Typen, die nebeneinander standen und grinsten.

»Wir suchen keinen Ärger, Jungs«, antwortete Kelly.

»Mann, seit wann darf eine scheiß Lesbe uns Jungs nennen?«, sagte einer von ihnen.

»Ja, den Fotzen müssen wir eine Lektion erteilen. Vielleicht habt ihr ja auch mal wieder Lust auf einen geilen Schwanz, der es euch so richtig besorgt?«, grinste der Erste.

»Kelly, was machen wir jetzt?«, flüsterte Marie.

Kelly schubste Marie in einen Hauseingang und betrachtete die drei Streitsucher. Der in der Mitte war einen Kopf größer als sie und kräftig gebaut. Der rechts von ihm war ungefähr so groß wie Kelly. Was ihr jedoch nicht gefiel, war die Art, wie er da stand und seine Fäuste ballte: ein Kampfsportler! Nummer drei, auch einen Kopf größer als Kelly, konnte sie nicht genau einschätzen. Er war ziemlich muskulös. Stemmte er Gewichte oder war er ein Ringer? Kelly tippte auf Letzteres.

»Überlast mir die scheiß Fotze«, bestimmte der Mittlere und näherte sich Kelly. Die beiden anderen lachten. Kelly rannte auf ihn zu, sprang hoch, packte seinen Kopf, rammte gleichzeitig ihr Knie in sein Gesicht, während er wie in Zeitlupe nach hinten kippte unter Kellys vollem Gewicht auf seinem Oberkörper. Als er auf dem Boden lag, rammte sie ihm sicherheitshalber noch ihren Faustrücken gegen die Schläfe und er rührte sich nicht mehr. Die beiden anderen standen wie angewurzelt da, völlig überrascht von dem, was sie gerade gesehen hatten. Das nutzte Kelly aus, flog mit ein paar Flickflacks zwischen den Typen durch, befand sich plötzlich hinter ihnen und knockte den Ringer aus, indem sie gegen die Rückseite seines Unterschenkels trat. Er klappte augenblicklich in sich zusammen. Jetzt stand Nummer drei vor Kelly, jedoch ruhig und entspannt. Sie sah sich in ihrer Vermutung bestätigt, es mit einem Kampfsportler zu tun zu haben. Er kam auf sie zu und schlug seine Faust in Richtung ihres Gesichts. Das versuchte er vier Mal, was jedoch danebenging, da Kelly entweder auswich oder seine Schläge mit beiden Händen zur Seite leitete. Dann vollführte sie eine Drehung und rammte ihren Stiefel in sein Nierenbecken, wodurch ihm kurz die Luft wegblieb. Er kippte leicht nach vorn und sie schmetterte ihm ihren rechten Ellenbogen ins Gesicht. Da fiel der Kampfsportler auf die Knie und wollte kurz ausholen. Doch in diesem

Moment spürte er Kellys Knie an seiner Stirn und verlor das Bewusstsein. Der Ringer hatte sich inzwischen etwas erholt, stand auf, zog ein relativ langes Messer aus seinem Stiefel und grinste. Er kam auf Kelly zu und versuchte, ihr die Klinge in den Bauch zu rammen. Sie wich aus, packte seinen Unterarm, brach ihm die Hand, spreizte zwei seiner Finger auseinander, er schrie laut auf, fiel hin und stürzte auf die Seite. Sie betrachtete kurz die drei, zog Marie aus dem Hauseingang heraus und sie rannten weg.

19. Kapitel

In Kellys Apartment kamen sie langsam zur Ruhe. Sie holte zwei Flaschen Bier aus dem Kühlschrank und sie setzten sich auf die Terrasse.

»Kelly, so etwas habe ich noch nie in meinem Leben gesehen. Ich kenne solche Szenen nur aus Filmen«, sagte Marie fasziniert.

»Marie, fuck, so etwas lernt man auch nicht an einem Tag. Ich bin jetzt fünfunddreißig Jahre alt und trainiere seit fast zwanzig Jahren. In der Armee beziehungsweise in der Spezialeinheit, in der ich gearbeitet habe, wurden mir Kampfsportarten beigebracht«, erklärte Kelly.

»Wow!«

»Na ja, ich schlage mich nicht gern. Im Ring ja, da gelten auch andere Gesetze. Beim Kampfsport geht es um Konzentration und Körperbeherrschung. Wenn mir jedoch Leute dumm kommen, habe ich auch kein Problem damit, ihnen die Fresse zu polieren.«

»Erstaunlich«, fand Marie.

»Fuck, ja, so wie bei den drei Proleten vorhin. Asoziales Verhalten muss bestraft werden!«

Marie musste lachen. Kelly trank ihr Bier aus, ging auf Marie zu, küsste sie, zog ihr die Hose aus, spreizte ihre Beine und leckte Marie. Während sie sie mit der Zunge bearbeitete, befriedigte sie sich gleichzeitig mit ihrer Hand. So etwas hatte Marie noch nie erlebt. Ihr Körper bebte und wurde in eine Ekstase katapultiert, die ihr völlig fremd war. Dementsprechend hatte Marie einen extrem heftigen Orgasmus. Beide kamen fast gleichzeitig. Danach lag Kellys Kopf entspannt zwischen Maries Beinen, während beide noch keuchten. Marie zündete sich eine Zigarette an.

Kelly setzte sich auf Marie, sie umklammerten sich und rauchten abwechselnd. Nach zwanzig Minuten gingen sie ins Schlafzimmer, zogen sich komplett aus und liebten sich stundenlang. Marie liebte den Geschmack von Kellys Möse und den ihres Körpers. Während Marie ihre Zunge in Kellys Mund steckte, mit dem Finger ihre Klitoris umkreiste, berührte ihre Brust Kellys. Marie liebte dieses Gefühl.

Irgendwann gegen Mittag wachte Marie auf. Kelly lag neben ihr und schlief. Marie fühlte sich so geborgen und wohl. Da öffnete Kelly die Augen, küsste Marie, ging duschen und kochte etwas.

Nach dem Essen legten sie sich wieder ins Bett, schliefen erneut ein, wachten auf, liebten sich die ganze Nacht, saßen kurz auf der Terrasse, rauchten und unterhielten sich. Das ging drei Wochen lang so. Marie ging in dieser Zeit nur zweimal kurz in ihr Apartment, schaute nach dem Rechten, telefonierte mit ihren Eltern und ihren Schwestern, leerte den Briefkasten und war so schnell wie möglich wieder bei Kelly. Die war erst vor sechs Monaten im Haus eingezogen. Vorher hatte sie in Utah gelebt.

Marie erzählte Kelly von Lucien, allerdings nur die offiziell bekannten Fakten. Sie wollte vermeiden, dass Kelly zuerst von anderen Leuten etwas erfuhr. Kelly bedauerte Marie und es machte sie traurig, ansonsten nahm sie es relativ entspannt hin. Das Thema wurde einmal besprochen und dann war es abgehakt. So war Kelly. Das mochte Marie an ihr.

Kelly erzählte Marie von ihrer Kindheit, ihrer Jugend, ihrer Mutter, von Jake, dem Missbrauch, von Maniac, dem Mord, ihrer Zeit in Wisconsin, ihren Affären, den Männern, den Frauen.

»Marie, ich habe es dir jetzt einmal erzählt, weil du mich gefragt hast, aber ich werde nie wieder von meiner Vergangenheit sprechen.«

Mittags lagen sie fest umschlungen im Bett, sprachen kein Wort und sahen sich einfach nur an.

»Marie, Baby, ich muss bald wieder arbeiten.«

»Oh, ja, klar, natürlich.«

»Ich werde leider fünf Monate weg sein: Personenschutz für eine Politikerin.«

»Oh, Kelly, wie soll ich es nur ohne dich aushalten?«

»Ich weiß, mein Schatz. Den Gedanken finde ich auch furchtbar, aber ich muss.«

»Kelly, ich verstehe das. Es ist dein Job und du musst Geld verdienen. Fünf Monate sind jedoch eine lange Zeit.«

»Fuck, Kleine, ich weiß.«

»Oh, Kelly, ich werde dich vermissen: dein Gesicht, deinen Körper, deine Möse, unsere Gespräche«, gab Marie zu und hatte Tränen in den Augen.

»Meine Süße, ja, mir geht es auch so.«

»Kelly, es ist, wie es ist.«

»Marie, wir bleiben in Kontakt. Die Senatorin bereist in den fünf Monaten die gesamten USA. Es ist ein 24/7-Job. Ich muss sehr konzentriert sein. Jedes Mal, wenn ich im Flugzeug sitze oder im Hotel bin, werde ich mich bei dir melden.«

»Ein schwacher Trost, aber besser als nichts.«

»Ja, meine Süße.«

»Kelly, wirst du mir treu sein?«

»Warum fragst du mich das, Baby?«

»Nun, du bist eine sehr attraktive Frau und du hast viele Affären gehabt.«

»Marie, ich kann dir nichts versprechen, aber du bedeutest mir sehr viel. Vielleicht habe ich mich sogar etwas in dich verliebt«, gab Kelly zu.

»Ja, ich glaube, mir geht es auch so. Wir sind jedoch beide frei und du sollst dich frei fühlen. Keine Verpflichtungen!«

»Marie, wir werden sehen, was diese fünf Monate mit uns machen werden.«

»Ich weiß, dass ich viel an dich denken werde: jeden Tag, jede Stunde, jede Minute, jede Sekunde. Andererseits ist es auch ein schöner Gedanke.«

»Marie, ich werde in Gedanken immer bei dir sein.«

Eine Woche später reiste Kelly ab.

20. Kapitel

Marie vermisste Kelly sehr. An manchen Tagen war es besonders schmerzhaft. Ihr fehlte die Art, wie Kelly sprach. Eine eigentümliche Mischung aus sanft und zart und dann auch wieder rau. Sie sehnte sich nach den Wörtern, die Kelly benutzte, wie fuck, Kleine und Baby. Marie musste darüber schmunzeln, als ihr die Wörter einfielen, die Kelly gerne verwendete. Sie verzehrte sich nach der Wärme, der Geborgenheit, den Gesprächen, dem Sex, der Liebe. Nun war sie wieder allein. Marie und Kelly schwebten in einem Raum aus Freude und Rausch. Um sie herum war das Inferno, die Welt. Diese Welt dort draußen ließ sich in Zweisamkeit besser ertragen. Die Begegnung mit Kelly hatte eine besondere Energie in Marie freigesetzt. Kelly war in ihr Leben getreten, hatte sie verändert, ihr Kraft gespendet und sie um einige wenige Mikrometer in eine andere Realität versetzt. Es war, als hätte Kelly die chemische Zusammensetzung von Maries Körpers verändert, als ob sie in Maries Gehirn stereotaktische Eingriffe durchgeführt hätte, als ob Maries Wahrnehmung des Lebens und des Seins verschoben und durch mikroseismische Explosionen vermehrt Sauerstoff in jede ihrer Körperzellen transportiert worden wäre.

Sie hatte wieder mit ihren Ritualen begonnen, nach denen sie sich gesehnt hatte. Die Nähe zu Kelly hatte gleichwohl zu Irritationen geführt, die Marie nicht einordnen konnte, bis ihr plötzlich auf ihrer Lieblingsbank im Park bewusst wurde, was es mit dem Zustand der Verunsicherung und Erregung auf sich hatte. Der Anblick eines jungen Mannes erinnerte sie daran, dass sie noch Fragen hatte zu Lucien. Marie suchte Antworten. Welche, wusste sie nicht genau. Sie betrachtete den jungen Mann, zündete sich eine Zigarette an und begriff: Lucien musste exorziert werden! Die Verschmelzung mit Kelly hatte zu dieser Erkenntnis geführt.

Am nächsten Abend schminkte sie sich, zog ihre schwarzen Ledersachen an, die Schnürstiefel, ging in die Tiefgarage, setzte sich in den Ferrari und raste über den Highway. Ihre Hände zitterten und sie atmete schwer. Der Geruch des Leders und das Brummen des Motors wühlten sie auf. Marie rief Dämonen wach, das war ihr bewusst, und dennoch konnte sie nicht anders. In der Ferne sah sie ihn, den Straßenstrich. Ihr Herz schlug so stark, dass sie schon Sorge hatte, einen Infarkt zu erleiden. Langsam fuhr sie an den Transsexuellen vorbei und hielt schließlich neben Susan, die wie erstarrt auf den Wagen blickte. Lucien hatte in seinem Buch Susan so genau beschrieben, dass Marie ein präzises Bild vor Augen hatte. Marie kurbelte die Scheiben runter und verstand augenblicklich, wieso Lucien ihr nicht hatte widerstehen können.

»Susan?«, fragte Marie.

»Wer bist du?«

»Ich bin Marie, Luciens Witwe.«

Susan zündete sich erst einmal eine Zigarette an. Sie bekam Kopfschmerzen und wurde regelrecht vom Blitz getroffen, der durch ihren ganzen Körper fuhr.

Nach ungefähr einer Minute beruhigte sie sich ein wenig.

»Marie, was willst du hier?«

»Dich kennenlernen.«

»Mich kennenlernen?«

»Ja, Susan, das wäre mein Wunsch.«

Susan zog an der Zigarette und blickte Marie an. Lucien hatte ihr manchmal von Marie erzählt.

»Ich finde das sehr schräg. Ich weiß nicht, was ich davon halten soll«, erklärte Susan.

»Ja, ich kann mir vorstellen, dass es für dich seltsam anmutet, aber mir fällt es auch nicht leicht.«

»Seltsam? Mehr als seltsam! Wir müssen von hier weg, das ist kein Ort für eine Frau.«

»Gut, dann steig ein!«

Susan setzte sich in den Wagen und sie fuhren davon. Beide schwiegen, während das Vibrieren des Motors zumindest etwas die Ruhe durchbrach. Marie steuerte ein Motel an.

»Nein, Marie, lass uns in mein Apartment fahren.«

Marie drehte um, fuhr über den Highway. Ihre Hände schwitzten. Nach dreißig Minuten erreichten sie Susans Apartment. Im Fahrstuhl spürte Marie kurzzeitig Luciens Präsenz, als ob ein Geist ihren Körper durchdrungen hätte. Im Apartment führte Susan sie zu einer Couchecke, holte eine Flasche Champagner, füllte zwei Gläser und setzte sich Marie gegenüber. Sie tranken, rauchten und blickten sich an. Marie fühlte sich plötzlich klein und minderwertig in der Gegenwart dieser Überfrau. Gleichzeitig verspürte sie eine leichte Erregung, die ihr Angst machte. Susan begann sich zu entspannen.

»Nun, Marie, jetzt bist du hier: dort, wo Lucien und ich die Nächte miteinander verbracht haben. Was weißt du noch?«

»Ich weiß, dass auch Saturn, Takumi und Lady Tormentum in diesem Haus arbeiten. Ich weiß, dass Lucien auch sie besucht hat. Ich weiß, was er dort gemacht hat.«

»Meine Güte, Marie! Was tust du dir nur an? Schätzchen, bist du jetzt zufrieden?«, fragte Susan etwas lauter.

»Ich weiß es nicht. Ich glaube, dass es eine gute Entscheidung gewesen ist.«

»Hm, na gut. Also: Takumi und Saturn sind untergetaucht. Ich weiß nicht, wohin.«

»Ach ja?«, zweifelte Marie.

»Ja, wahrscheinlich wurde es ihnen nach der Sache mit Lucien zu heiß. Lady Tormentum arbeitet weiterhin hier.«

»Lady Tormentum würde ich gerne auch treffen, falls möglich.«

»Marie, wenn du willst, stelle ich den Kontakt her. Du kannst nicht einfach bei ihr vorbeigehen und klingeln.«

»Ja, das habe ich mir gedacht.«

»Wenn du dich mit ihr triffst, musst du sie siezen.«

»Gut«, sagte Marie.

»Ich verstehe jedoch nicht, was das alles soll!«

»Das kann ich dir auch nicht genau sagen.«

Im Hintergrund erklang ganz leise eine Klaviersonate. Die beiden blickten sich an und rauchten. Marie stand auf, ging auf Susan zu und küsste sie.

»Marie, Schätzchen, was wird das hier?«

Marie küsste Susan erneut und schob ihre Hand zwischen Susans Schenkel. Susan stieß Marie ganz sanft weg.

»Marie, ich weiß nicht, was du hier und heute vorhast oder dir versprichst. Aber ich schlafe nicht mit Frauen und erst recht nicht mit der Witwe von Lucien«, sagte Susan energisch und schüttelte den Kopf.

Marie küsste sie erneut und streifte ihren Minirock hoch. Susan konnte nicht anders und ließ es zu. Während Marie ihre Zunge in Susans Mund steckte, massierte sie ihren Schwanz, der immer größer und härter wurde. Sie glitt nach unten, steckte ihn in ihren Mund, blies ihn, massierte ihn mit der einen Hand, während sie mit der anderen Hand Susans Brüste streichelte.

Nach zehn Minuten ejakulierte Susan in Maries Mund, die alles herunterschluckte. Dann setzte sie sich auf Susan und beide blickten sich keuchend in die Augen. Zwanzig Minuten lang starrten sie sich an und küssten sich dabei ab und zu. Dann ging Marie ins Bad, spritzte sich Wasser ins Gesicht und wusch sich den Mund aus. Als sie zurückkam, lag Susan nackt im Bett. Marie zog sich ebenfalls aus und legte sich zu ihr. Erneut küssten sie sich, streichelten sich gegenseitig die Brüste und Susan leckte Marie die Möse. Dann nahm sie ihren Schwanz, rammte ihn mit voller Wucht in Marie und fickte sie mit kräftigen Stößen. Nach fünf Minuten kamen beide fast zeitgleich und schrien. Erschöpft umklammerten sie sich, schliefen ein, wachten nach einer Stunde auf und rekelten sich. Susan holte Pralinen und zwei Gläser Champagner, die beide in einem Zug austranken. Dann aßen sie die ganze Schachtel Pralinen leer und genossen erneut Champagner. Susan küsste Marie, drehte sie auf den Bauch, leckte ihre Möse und ihren Po, führte ihre Finger ein, nahm etwas Gleitmittel und steckte ihren Schwanz in Maries Rosette. Unter den festen Stößen schrie Marie vor Lust und Schmerz auf. Sie fühlte, dass Susans Schwanz immer größer und härter wurde. Beide hatten erneut gemeinsam einen starken Orgasmus. Sie hielten sich fest und schliefen durch bis zum nächsten Vormittag.

Marie erwachte, blickte Susan an, die jetzt ebenfalls die Augen geöffnet hatte. Marie küsste sie auf die Stirn und streichelte ihr übers Gesicht. Sie nickten sich zu. Ihnen liefen Tränen über die Wangen. Beiden war bewusst, dass das ein Abschied wurde. Marie zog sich an, betrachtete Susan noch ein letztes Mal.

Sie sahen sich nie wieder.

Es verging ein weiterer Monat. Rituale, ein Besuch bei Edward, Telefonate mit Kelly, Maries Eltern und Schwestern.

Dann war es soweit: Marie hatte ein Treffen mit Lady Tormentum.

21. Kapitel

Marie betrat die achte Etage und steuerte in Richtung des Penthouses. Lady Tormentum sah genauso aus, wie Lucien sie beschrieben hatte. Im Türrahmen stand eine sehr schlanke Frau mit langen schwarzen Haaren, die sie zu zwei Zöpfen zusammengebunden hatte. Ihre Mandelaugen hatte sie mit Kajal betont. Ein durchdringender Blick. Sie trug schwarze High Heels und einen hellblauen Latexanzug, der ihren fast ausgemergelten Körper nachzeichnete, insbesondere ihre Muskeln, die Lucien beschrieben hatte, als ob er von einer Statue aus der Sixtinischen Kapelle berichten wollte. Am rechten Hals erblickte sie das Branding in Form eines Dreizacks. Lady Tormentum wies mit der Hand in Richtung Halle, Marie trat ein und Lady Tormentum schloss die Tür, neben der sie stehen blieb.

»Marie, schau dich um. Sieh dir alles an.«

Marie betrachtete die Videoinstallationen, das Ölgemälde und im zweiten Raum all die Objekte, Accessoires und Werkzeuge, die Lady Tormentum für ihre Arbeit benötigte. Dann ging sie zurück und sah, dass Lady Tormentum rauchend in einem schwarzen Ledersessel Platz genommen hatte. Sie deutete mit ihrer Hand auf einen weiteren Sessel. Marie nahm Platz und zündete sich ebenfalls eine Zigarette an.

»Marie, was treibt dich an?«

»Wie meinen Sie das?«, fragte Marie.

»Neugierde? Der Schmerz? Neue Erfahrungen? Antworten? Der Versuch, Lucien zu verstehen? Sex? Rausch? Langeweile? Einsamkeit? Angst davor, wahnsinnig zu werden, nach dem, was du erlebt hast?«

»Wahnsinnig zu werden?«

»Ja, Marie. Ich denke, dass der Mensch von Grund auf wahnsinnig ist. Nimm ihm die Dinge weg, die ihm Sicherheit geben, und er driftet davon und wandelt in Irrsinn und Finsternis.«

»Vielleicht ist das so«, bestätigte Marie.

»Zu viele Kräfte walten im Individuum: Wahnsinn, Ängste, Sehnsüchte, Melancholie, Begehrlichkeiten, Neid, Eifersucht, Rachegefühle, Ambivalenzen, Obsessionen«, erklärte Lady Tormentum.

»Tja«, sagte Marie.

»Der Mensch weist immer zwei Seiten auf. Die eine ist die, die wir sehen, wahrnehmen und kennen, und die andere, das sind Geheimnisse, dunkle Begierden und Fantasien, die in allen vorhanden sind. Man kann jedoch nicht alles ausleben oder ständig Dinge tun, die einen in finstere Welten führen. Die meisten würden, wenn sie ihre Fantasien auslebten, krank oder verrückt oder sie kämen in den Knast.«

»Ich habe das Gefühl, dass ich mich gerade neu erfinde oder zumindest Sachen austeste, die mir tatsächlich so etwas wie Antworten geben werden oder sollen«, erläuterte Marie.

»Marie, ich werde dich nicht ficken und du wirst auch nicht die Möglichkeit erhalten, mich zu ficken. Was du mit Susan tust oder getan hast, geht mich nichts an.«

»Nein, natürlich nicht«, sagte Marie irritiert. Sie wunderte sich über die Bemerkung und hatte das Gefühl, durchschaut worden zu sein, obwohl sie Lady Tormentum gar nicht mit dieser Absicht aufgesucht hatte. Marie errötete leicht, konnte sich jedoch schnell wieder beruhigen. Sie betrachtete das sonderbare Wesen, das ihr in hellblauem Latex gegenübersaß. Lady Tormentum zog langsam an der Zigarette und starrte Marie provozierend an.

»Warum haben Sie mich empfangen?«, fragte Marie.

»Hm, eine gute Frage. Ich wollte dich kennenlernen, verstehen, was du eigentlich willst. Ich glaube, dass du durch deine Erfahrungen und den Versuch, Antworten zu finden, absolut geeignet bist.«

»Geeignet?«

»Ja, Marie. Ich brauche für ein paar Monate eine Assistentin, da ich in dieser Zeit sehr spezielle Kundinnen und Kunden haben werde«, erklärte Lady Tormentum.

»Oh, ich wäre sofort dabei«, sagte Marie leicht erregt.

»Das habe ich mir gedacht. Du wirst jedoch Dinge sehen und machen müssen, die dir vielleicht Angst und Ekel bereiten, bei denen du Grenzen überschreiten musst, die du sonst nie überschreiten würdest.«

»Ich bin bereit.«

»Marie, ja, das glaube ich auch. Meine Kundinnen und Kunden bezahlen immer in bar. Ich werde dich stets mit zehn Prozent beteiligen. Das Geld bekommst du dann immer sofort von mir ausgezahlt«, erklärte Lady Tormentum.

»Sehr schön. Ich habe zwar noch Reserven, aber das kommt mir sehr entgegen.«

Lady Tormentum legte dreitausend Dollar und zwei Visitenkarten auf den Tisch.

»Mit dem Geld gehst du in diese beiden Läden. Dem Inhaber sagst du, dass du von mir kommst. Er wird dich für deine Tätigkeit als meine Assistentin entsprechend einkleiden. Was er dir auch anbietet – widersprich ihm nicht. Es wäre eine Beleidigung und auch ein Grund für mich, dich doch nicht zu nehmen. Er hat einen erlesenen Geschmack. Danach besuchst du das andere Geschäft.«

»Oh, vielen Dank.«

»Deinen Kopf kannst du so rasiert lassen. Noch ein bisschen mehr Schminke und Kajal. Du hast ein sehr hübsches Gesicht und eine gute Figur. Es wird alles sehr stimmig sein. Deine Nummer habe ich ja. Halte dich stets bereit. Immer! Keine Ausreden, keine Absagen!«

»Ja, Lady Tormentum.«

Sie erhoben sich. Marie verließ das Penthouse.

22. Kapitel

Marie suchte den ersten Laden auf und ließ sich vom Besitzer, einem gewissen Dr. Zoom, der ungefähr Anfang sechzig sein musste, einkleiden. Er trug einen roten Lederanzug und schwarze High Heels. Seine Fingernägel waren in Pink und die Fußnägel in Bordeaux lackiert. Sie erklärte, was ihr Anliegen war. Dr. Zoom lächelte und empfahl ihr ein schwarzes Outfit von Jean Paul Gaultier und ein weißes von Naoko Komura, einer aufstrebenden jungen Designerin aus Tokio, die ausschließlich Kleidung für die Fetischszene entwarf, dazu jeweils ein Paar weiße und schwarze Stiefel. Er drückte auf eine Klingel, woraufhin kurz *The Beautiful People* von Marilyn Manson ertönte. Ein junger Mann, verkleidet als sexy Krankenschwester, tauchte auf, servierte zwei Gläser Tee und stellte sich schweigend in eine Ecke. Marie probierte alles an, es war perfekt. Eigentlich hätte sie viel mehr als dreitausend Dollar bezahlen müssen. Da sie aber von Lady Tormentum kam, erhielt sie einen Preisnachlass. Sie bedankte sich und Dr. Zoom führte sie zur Tür, die er aufhielt und sich dabei tief verbeugte.

Ein paar Minuten später betrat Marie den zweiten Laden, der sich nur einen Häuserblock entfernt befand. Er gehörte einer gewissen Snuff Lolita. Das Geschäft bestand lediglich aus einer länglichen Glasvitrine, in der drei Armbänder lagen. Über der Vitrine war, an der Wand befestigt, eine sehr schmale Stange, auf der eine Leinwand stand. Gegenüber war ein kleiner Tisch aufgestellt mit einem Laptop und einem Drucker drauf. Der Raum war quadratisch, vielleicht fünf mal fünf Meter, und komplett in Schwarz gehalten. Nun erklang Musik von der Band *Autopsy*.

Snuff Lolita war eine fünfundzwanzigjährige Schmuckdesignerin, die aussah wie dreizehn. Sie hatte sich auf die Anfertigung von Armbändern aus den unterschiedlichsten Materialien spezialisiert. Meistens trug sie das Outfit japanischer Schülerinnen in abgewandelter Form: weißes, zugeknöpftes Hemd, eine Krawatte, einen schwarzweißkarierten, kurzen, enganliegenden Rock und schwarze Motorradstiefel. Sie war tätowiert, gepierct und hatte eine rote Bob-Frisur. Unter jedem Auge befanden sich fünf eintätowierte Tränen. Der linke Nasenflügel und das linke Ohr, ebenfalls gepierct, waren durch eine Kette miteinander verbunden. Ihre Lippen waren immer schwarz bemalt.

Im Hinterzimmer befand sich ihr Atelier. Ihre Armbänder waren sehr begehrt. Die Kundinnen und Kunden mussten sich monatelang gedulden.

Mit einem ihrer Kunden war sie mit seinem Privatjet nach London geflogen und hatte eine Vernissage des englischen Künstlers Grayson Perry besucht. Danach waren beide in einen Club gegangen, hatten die Nacht durchgetanzt und waren am nächsten Morgen zurück nach Los Angeles geflogen. Durch Grayson Perrys Arbeiten und die des US-Künstlers Joe Coleman war Snuff Lolita inspiriert worden und frönte ihrer zweiten Leidenschaft, der Malerei. Nachts saß sie zu Hause an ihrem Schreibtisch, wenn es die Zeit zuließ und malte mit Öl auf sehr kleinen Leinwänden Schmetterlinge, die in der Mitte der Bilder positioniert den Hauptteil ausmachten. Um die Schmetterlinge herum schuf sie mit einem Dreihaarpinsel und unter Zuhilfenahme einer Lupenbrille in Feinarbeit Szenarien, die sich mit Tod, Gewalt, Sex und Obsessionen beschäftigten, alles eingebettet in florale Ornamente. Die Leinwände wiesen immer dieselbe Größe auf: zwanzig mal zwanzig Zentimeter. Für diese Arbeiten brauchte sie Monate, da sie mit ihrer Haupttätigkeit schon genug zu tun hatte. Ihre Kunst war qualitativ hochwertig und glich der von Artemisia Gentileschi, der einzigen bekannten Renaissance-Malerin. Auch für ihre Ölgemälde gab es Sammler, die auf langen Wartelisten standen.

Was ebenfalls viel Zeit in Anspruch nahm, waren ihre Snuff-Filme. In der Szene war Snuff Lolita eine Berühmtheit. Das Spezielle an ihren Filmen war, dass fast alles vorgetäuscht wurde. Diese Tatsache war den Konsumenten auch durchaus bekannt. Sie ließ sich vor laufender Kamera von Frauen und Männern, die sie buchten, strangulieren und mit Messern abschlachten. Die Messer hatte sie sich von einem Bekannten besorgt, der in der Filmindustrie arbeitete. Die Klingen waren aus Plastik und glitten zurück in den Griff, wenn man vermeintlich auf jemanden einstach. Natürlich verletzte sie sich ab und zu dennoch, gerade dann, wenn Snuff Lolita stranguliert oder ins Gesicht geschlagen wurde. Aber genau das verschaffte ihr auch einen besonderen Kick. Auf diese Weise hatten ihre Kundinnen und Kunden die Möglichkeit, ihre Mordphantasien auszuleben ohne irgendwelche Konsequenzen. Snuff Lolita wiederum fand es erregend, ihre Ermordungsfantasien zu genießen und keinen größeren Schaden davonzutragen. Es gab ferner Kunden, die sich vor laufender Kamera von Snuff Lolita »ermorden« ließen.

Irgendwann machten Gerüchte die Runde, dass doch nicht alles vorgetäuscht war. So hatte sie angeblich ihren Freund, der sie betrogen hatte, tatsächlich getötet. Zuerst ließ sie sich von ihm ficken, dann nahm sie einen Hammer, zertrümmerte ihm den Schädel, enthauptete ihn, rammte ihm eine Axt in die Brust, riss sein Herz heraus und verbrannte es. Und alles wurde gefilmt. In der Szene wurde der Film ein absoluter Hit, wobei eben viel spekuliert und diskutiert wurde, ob es ein Schwindel oder ein realer Mord war. Ihr Freund wurde jedenfalls nie mehr gesehen.

In einem anderen Film hatte sie einem Mann, den sie gefesselt hatte, mit einer Motorsäge beide Hände, beide

Füße und den Kopf abgetrennt und sich anschließend mit einem mit Brillanten verzierten Vibrator selbst befriedigt. Dieser Film hatte sie noch bekannter gemacht. Wer der Mann war, blieb für immer ein Rätsel. In beiden Fällen konnte ihr die Polizei allerdings nichts nachweisen, da es keinerlei Spuren gab. Zumindest steigerten die Filme ihren Ruhm noch weiter. So bedingte das eine das andere: Ihre Armbänder und Kunst waren sehr begehrt, was durch ihre Filme noch weiter verstärkt wurde – und umgekehrt.

Marie betrachtete gerade die Armbänder, als Snuff Lolita aus ihrem Atelier herauskam. Sie lächelte Marie an.

»Gefallen dir die Armbänder?«, fragte Snuff Lolita.

»Es sind wundervolle Arbeiten.«

»Vielen Dank, das freut mich sehr.«

»Einzigartig«, ergänzte Marie begeistert.

»Leider gibt es lange Wartelisten.«

»Ich komme von Lady Tormentum.«

»Oh, das ist natürlich etwas anderes. Ich finde, dass das schwarze Nietenarmband sehr gut zu dir passen würde. Das schwarze Armband für die schöne …«

»Marie.«

Snuff Lolita schloss die Glasvitrine auf, holte das Armband heraus und legte es um Maries Handgelenk.

»Toll. Ich bin begeistert. Ich nehme es«, sagte Marie.

»Marie, du musst nichts zahlen. Ich stelle die Rechnung Lady Tormentum zu. Alles gut. Marie, du bist sehr attraktiv.«

Snuff Lolita küsste Marie. Marie war überrascht, aber genoss den zärtlichen Kuss. Dann schloss Snuff Lolita die Tür des Geschäfts ab, drückte auf einen Knopf und die Jalousien gingen herunter. Sie kam erneut auf Marie zu und sie küssten sich minutenlang. Sodann nahm Snuff Lolita Marie an die Hand und führte sie in ihr Atelier. Dort stand ein riesiger Schreibtisch. An der Wand darüber hingen gut und gerne hundert Kästchen mit Nieten, Leder, Steinen,

Ketten, kleinen Totenköpfen und Schmetterlingen aus Silber und Gold, Nägeln, Werkzeugen. In der Ecke befand sich ein Gynäkologenstuhl, zu dem Snuff Lolita Marie sogleich führte. Marie nahm Platz. Snuff Lolita zog ihr die Hose und den Slip aus, schmierte Gleitmittel auf einen gebogenen Dildo, den sie sanft in Maries Vagina einführte. Sie beschleunigte die zunächst langsamen Bewegungen und beobachtete Marie dabei, wie sich ihr Körper vor Lust wand. Als Marie einen Orgasmus bekam, schaute ihr Snuff Lolita regungslos ins Gesicht. Marie zog sich wieder an und verließ das Geschäft.

Die Begegnung mit Snuff Lolita verunsicherte Marie, da sie dachte, dass es eine einmalige Sache war. Sie musste immer wieder an das Geschäft, den Gynäkologenstuhl, die Armbänder, die Kunst und das ganze Snuff-Lolita-Universum denken. Nachts träumte Marie davon, wie sie von Snuff Lolita gefickt worden war. Zwei Tage später suchte sie abends den Laden erneut auf, ging hinein, während wieder die Musik von *Autopsy* erklang. Snuff Lolita kam aus ihrem Atelier und lächelte Marie an.

»Marie, meine Hübsche, ich habe dich erwartet.«

»Ich dachte, dass du mich schon längst vergessen hättest!«

»Marie, warum sollte ich?«

»Na ja, ich war mir nicht sicher.«

Snuff Lolita führte Marie erneut in ihr Atelier. Sie küssten sich, dann nahm Marie erneut auf dem Gynäkologenstuhl Platz. Snuff Lolita steckte ihren Finger in Maries Mund und betrachtete ihn. Immer feuchter wurde Marie, während Snuff Lolita ihr die Kleider zerriss. Dann schmierte sie Maries Vagina und Rosette mit Gleitmittel ein, schnallte sich einen Doppeldildo um, fickte Marie, die nach Luft rang und in einen ihr bis dahin nicht bekannten Erregungszustand katapultiert wurde. Ihr gesamter Körper erzitterte, als sie kam, wobei sie laut schrie und stöhnte. In dem Augenblick nahm Snuff Lolita einen Elektroschocker, hielt ihn an Maries Oberarm und drückte auf den Knopf. Marie zuckte und verlor das Bewusstsein.

Nach ein paar Minuten kam sie zu sich, betrachtete Snuff Lolita, die neben ihr stand und sie erneut so ausdruckslos anschaute wie beim ersten Mal. Nur ihren Mantel zog sich Marie über, da ihre restlichen Sachen ja in Stücke zerfetzt worden waren, und verschwand.

Marie hatte sich vorgenommen, Snuff Lolita nicht mehr zu besuchen. Sie war offensichtlich gefährlich. Dennoch musste Marie ständig an sie denken. Ein paar Tage fühlte sich Marie wie auf Entzug, dann wurde sie erneut rückfällig und besuchte Snuff Lolita abends in ihrem Laden. Marie betrat den quadratischen Raum und nach ein paar Minuten erschien Snuff Lolita. Diesmal trug sie ein gänzlich anderes Outfit: eine schwarze Leder-Corsage, schwarze Hotpants aus Latex und schwarze Militärstiefel.

»Marie, schön, dass du wieder da bist.«

»Snuff Lolita, du bist wie eine Droge.«

»Marie, wir haben einfach Spaß zusammen.«

Marie zog sich nackt aus, setzte sich auf den Stuhl und spreizte ihre Beine. Snuff Lolita leckte ihre Möse und massierte Maries Brüste. Dann schnallte sie sich wieder den Doppeldildo um, schmierte ihn mit Gleitmittel ein und fickte Marie. Marie öffnete den Mund und stöhnte, als Snuff Lolita sie mit dem Doppeldildo in den Wahnsinn trieb. Beim mehrfachen Orgasmus verbog sich Maries Körper so, als ob sie von unsichtbaren Kräften eingedrückt und gekrümmt würde. Genau in diesem Augenblick wickelte ihr Snuff Lolita Klebeband um den Kopf, nahm ein Seil, strangulierte sie, schlug ihr mehrfach mit der Faust ins Gesicht, nahm ein Messer und rammte es Marie in den Unterarm. Marie befand sich kurz vor der Bewusstlosigkeit, schaffte es aber gerade noch, sich den Elektroschocker zu greifen und Snuff Lolita niederzustrecken. Marie rang nach Luft, kam langsam zu sich, riss sich das Klebeband vom Kopf, zog sich an, betrachtete Snuff Lolita, die auf dem Boden lag und allmählich wieder die Augen öffnete.

»Marie, es war wunderbar.«

»Du bist wahnsinnig!«

»Warum? Es war doch herrlich.«

Marie verschwand. Sie ging in die Notaufnahme und ließ sich dort versorgen. Zum Glück hatte sie sich keine schweren Verletzungen zugezogen.

23. Kapitel

Drei Tage später lag Marie am Abend auf ihrer Couch und starrte an die Wand. Sie musste endlich mit der Droge namens Snuff Lolita abschließen. Auch wenn ihr der Entzug schwerfiel, wollte sie von dem Stoff nichts mehr nehmen.

Während ihr diese und noch viel mehr Dinge durch den Kopf gingen, erhielt sie von Snuff Lolita eine SMS, die sie stark verunsicherte:

»Liebe Marie, es tut mir furchtbar leid, wie ich mich aufgeführt habe. Das ist leider meine Art, dir zu zeigen, wie groß meine Zuneigung ist. Ich glaube, dass ich mich in dich verliebt habe. Ich würde mich sehr freuen, wenn du mir eine Chance geben würdest. Könnten wir vielleicht noch einmal neu starten? Was hältst du davon, wenn wir uns heute um Mitternacht vor dem Club *Xymox* treffen?«

Marie war hin- und hergerissen. Doch sie konnte nicht anders und fuhr vier Stunden später mit dem Taxi hin. Sie war erstaunt über die riesige Schlange, die sich vor dem Club gebildet hatte. Das Ende war gar nicht zu sehen, da sie sich noch bis einen Block weiter zog. Alle, die anstanden, waren anscheinend einer Subkultur angehörig: Gothic, SM-und Fetischszene, Black Metal, Punk. Die zwei furchteinflößenden Türsteher, die fast ganz in Leder eingehüllt waren – die muskulösen Oberkörper nur bekleidet mit einer Lederweste, dazu eine Lederhose, Motorradstiefel und Ledermaske – schienen überhaupt niemanden hineinzulassen. Die Atmosphäre hatte etwas Sinnliches und zugleich Bedrohliches an sich. Dann tauchte plötzlich Snuff Lolita auf und küsste Marie lange und leidenschaftlich.

»Oh, Marie, ich freue mich so sehr, dass du gekommen bist.«

»Ja, Snuff Lolita, ich konnte nicht anders.«

»Du konntest nicht anders?«

»Ja, du bist wie eine Droge.«

»Wie eine Droge? Ich dachte, wir beide sind ineinander verliebt, meine Süße!«

»Kann sein. Ich weiß es einfach nicht.«

»Marie, wir werden auf jeden Fall sehr viel Spaß haben!«, schrie Snuff Lolita enthusiastisch und schmiss sich eine Pille ein, die sie mit dem Inhalt ihres Flachmanns herunterspülte. »Marie, möchtest du auch guten Stoff haben?«

»Nein, Snuff Lolita, ich habe das Gefühl, dass ich auch so schon unter Drogen stehe.«

»Wow, Marie, ich liebe dich. Du bist eine Göttin!«

Snuff Lolita trug ein schwarzes Ballkleid und gelbe Schnürstiefel. Sie nahm Marie an die Hand und steuerte direkt auf die Türsteher zu.

»Marie, das sind Lord Enzephalon und Plastic Scaltara, die Herrscher über das *Xymox*.«

Beide nickten Snuff Lolita kurz zu und öffneten die Tür.

Sie betraten einen langen Gang, der nur ganz wenig von Neonlicht beleuchtet wurde. Er war vielleicht fünfzig Meter lang. Wände und Decken waren mit rotem Latex ausgekleidet. Auf dem Boden befand sich eine weiße Linie: Diejenigen, die zum Club wollten, mussten sich rechts halten, die anderen, die zum Ausgang wollten, links. Es war einem nicht gestattet, stehen zu bleiben. Alle zehn Meter war ein Schaufenster, in dem Männer oder Frauen auf Stühlen festgekettet waren und ausgepeitscht wurden. Snuff Lolita hielt Marie die gesamte Zeit an der Hand, bis sie das Ende des Ganges erreichten und eine riesige Halle betraten. Am Eingang zur Halle hatten sich links und rechts zwei Männer postiert, die ein genauso martialisches Aussehen aufwiesen wie die beiden Türsteher.

»Meine Herren, ich grüße Sie. Marie, das sind Prinz Paranoia und Reaktor 5.«

Beide nickten ihr kurz zu. Snuff Lolita verbeugte sich, steuerte dann mit Marie die Bar an und bestellte Getränke. Die Frau hinter der Theke lehnte sich vor und küsste Snuff Lolita auf den Mund.

»Marie, das ist Prinzessin Opal. Ihr gehört das *Xymox.*«

»Hallo, Marie. Snuff Lolita, mein Schatz, schön, dass du uns endlich mal wieder besuchst. Aber benimm dich, meine Liebe! Ich will nicht erneut Ärger mit dir haben.«

»Prinzessin Opal, du kennst mich doch. Ich kann auch eine Lady sein.«

»Ich lasse mich überraschen, du kleines Ferkel. Letztes Mal hast du einem Besucher zwei Zähne ausgeschlagen.«

»Na ja, da war ich auch nicht gut drauf.«

»Nicht gut drauf? Amüsant, du kleine Hure. Hätte Prinz Paranoia nicht ein gutes Wort für dich eingelegt und wärst du nicht so süß, hättest du schon längst Hausverbot.«

Prinzessin Opal war eine Bodybuilderin und trug einen roten Smoking, der kurz vorm Zerbersten war, wenn sie ihren Bizeps anspannte, um Flaschen aus dem Regal zu ziehen.

Nach ein paar Minuten reichte sie die Cocktails herüber.

»Lasst es euch schmecken und viel Spaß heute Abend. Wie ihr seht, spielt gerade eine Band: *Diabolico Rabid.* Danach geht es richtig ab mit hartem und dunklem Techno.«

Snuff Lolita überreichte Marie ein Glas und sie prosteten sich zu.

»Hm, das schmeckt. Was ist das?«, fragte Marie.

»Ein *Arrival:* Absinth, Rum und Grapefruit.«

»Wow, Snuff Lolita, ich merke jetzt schon eine erste Wirkung.«

»Fein, meine Marie. So soll es ja auch sein.«

Snuff Lolita küsste Marie minutenlang, streichelte ihren Hals und Rücken. Marie war fasziniert von Snuff Lolitas zärtlicher Art. Sie standen beide weiter an der Theke. Snuff Lolita umklammerte Marie von hinten. Marie schaute sich um. Überall standen, saßen und lagen Menschen – ein gigantisches Meer aus Köpfen und Körpern. Die Bar befand sich relativ nah an der Bühne, sodass sich Marie die Band genauer anschauen konnte. Die Musik erinnerte sie an *Velvet Underground*, allerdings ohne Gesang. Fünf Männer und Frauen standen auf der Bühne, allesamt in hautengem schwarzem Latex und maskiert, mit Schläuchen am Mund.

Marie genoss es: die Atmosphäre, die Menschen, die Musik, die Cocktails, Snuff Lolitas Nähe, ihre Umarmungen, ihre Küsse auf ihren Hals.

Nach einer Stunde spielte die Band ihren letzten Titel, verabschiedete sich unter tosendem Applaus und verließ die Bühne.

Dann erklangen plötzlich, wie aus einer fernen Galaxie in den Club gebeamt, harte Technobeats. Snuff Lolita führte Marie auf die Tanzfläche. Alles um sie herum verwandelte sich in ein elektrisierendes Inferno, in dem alle Körper anfingen zu zucken und wilde und zugleich elegante Bewegungen ausführten. Stroboskoplichter flackerten und blitzten aus allen Ecken auf und veränderten die Tanzenden in eigentümliche Lichtwesen aus einem anderen Kosmos. Marie hatte das Gefühl, ganz langsam mit den anderen zu verschmelzen und sich gleichzeitig in Moleküle aufzuspalten, die alle einzeln von einem hypnotischen Sound umgarnt wurden.

Durch die Kombination aus Musik, Tanz und Drink driftete Marie allmählich in einen Rauschzustand ab. Sie hatte Visionen von riesigen Städten, Raumschiffen, Sternen, Libellen, Schmetterlingen, Sonnen und Galaxien, von Stränden, bunten Nebeln, rosafarbenen Wolken und hellblauem Regen, von Rosen, Perlen und Edelsteinen. Die Rosen, Edelsteine und Perlen schwebten durch den Raum. Sie streckte die Hände nach ihnen aus und genoss die feine Oberfläche der Perlen, roch an den Rosen, betrachtete die Edelsteine und musste lachen, als Snuff Lolita Marie in den Arm nahm und sie wieder leidenschaftlich küsste.

Zwei Stunden lang tanzten und küssten sie sich, während Marie sich zugleich ihren Visionen hingab. Dann gingen sie zur Bar zurück und bestellten erneut zwei *Arrivals*. Marie nahm einen Schluck und betrachtete Snuff Lolita. Mit dem Handrücken berührte sie sanft Maries Gesicht.

»Marie, ich gehe wieder tanzen.«

»Ich lege erst einmal eine kleine Pause ein.«

»Kein Problem, süße Marie. Ich tanze weiter und freue mich, wenn du gleich dazustößt.«

Snuff Lolita ging auf die Tanzfläche und bewegte ihren Körper geschickt, als ob sie seit Jahren jeden kleinsten Schritt, jede noch so spezielle Drehung einstudiert hätte. Es war eine perfekte Choreographie, ausgeführt von einer faszinierenden Frau, dachte Marie anerkennend. Nach einer Weile drehte sie sich zur Bar um und schaute auf die riesengroße Wand, an der sich in den Regalen Hunderte Flaschen aneinanderreihten. Prinzessin Opal lächelte ihr zu.

»Marie, ich kenne dich nicht. Aber du trägst wie jeder andere auch sicherlich Dämonen in dir, die du wahrscheinlich auf die eine oder andere Art versuchst, in den Griff zu bekommen. Snuff Lolita ist jedoch nicht die Antwort auf deine Fragen. Du weißt, dass sie gefährlich und unberechenbar ist!«

»Ich weiß, aber ich kann nicht anders.«

»Ich verstehe«, sagte Prinzessin Opal und nickte verständnisvoll.

Marie nahm einen Schluck und drehte sich wieder zur Tanzfläche. Was sie sah, konnte sie erst nicht glauben. Eine Vision? Nein! Snuff Lolita tanzte eng umschlungen mit zwei Frauen. Eine hielt sie von hinten fest und vollführte mit ihrem Becken kreisende Bewegungen, synchron zu denen der Unbekannten, während die andere ihre Hände in Snuff Lolitas festkrallte und sie dabei mit wilden

Zungenküssen bearbeitete. Erstaunt beobachtete Marie die Szenerie. Plötzlich tauchte ein Mann auf, der wie ein Henker gekleidet war und die Frauen offenbar zur Rede stellte. Snuff Lolita schlug ihn, ohne zu zögern, mit der Faust ins Gesicht. Er kippte nach hinten und fiel zu Boden, bevor sie sich auf ihn setzte und seinen Kopf weiter mit ihren Fäusten bearbeitete. Prinz Paranoia und Reaktor 5 gingen dazwischen, trugen Snuff Lolita aus dem Raum und verschwanden mit ihr im Gang.

»Es tut mir leid, Marie, aber Prinz Paranoia und Reaktor 5 haben Snuff Lolita rausgetragen«, erklärte Prinzessin Opal.

»Was heißt *rausgetragen*?«

»Sie wurde rausgeschmissen.«

»Und jetzt?«, fragte Marie besorgt.

»Du kannst ihr hinterherlaufen oder, was ich dir empfehlen würde, hier bleiben und den Abend weiter genießen.«

Marie entschied sich zu bleiben und bestellte noch einen *Arrival*. Sie wusste nicht, ob sie weinen oder lachen sollte ob der Schlägerei, ihrem erneuten Rückfall mit Snuff Lolita und die divenhaften Allüren ihrer Freundin. Sie schlug ein paar Mal mit der Hand auf die Theke, dann ging sie auf die Tanzfläche zurück und tauchte erneut ein in die Welt der Perlen, Edelsteine und Rosen.

Nach einer Stunde ging sie zur Bar zurück und erstarrte. An ihrem Platz stand ein junger Mann, der wie Lucien aussah! Das Einzige, was ihn von seinem »Zwilling« unterschied, waren die Klamotten. Er trug einen schwarzen, eng anliegenden Anzug, ein schwarzes Hemd, eine schwarze Krawatte und schwarze Motorradstiefel. Doch sonst passte alles: das Gesicht, die Haare, die gleichfalls einen gegelten James-Dean-Look aufwiesen – obgleich sie dunkel waren – die Figur, seine schwarz lackierten Fingernägel und seine Tätowierungen. Marie stellte sich neben ihn.

»Hallo, mein Name ist Jackson Pollock«, stellte er sich äußerst höflich vor.

»Ich heiße Marie«, erwiderte sie mit leicht zittriger Stimme.

»Sehr angenehm, Marie.«

»Jackson Pollock? So wie der Maler?«

»Exakt, Marie. Darf ich dich zu einem Getränk einladen?«

»Ja, ich brauche jetzt eine große Flasche Wasser und einen doppelten Espresso.«

»Sollst du bekommen, Marie«, erwiderte er, zwinkerte Prinzessin Opal zu und gab die Bestellung auf.

Während Marie die Flasche Wasser fast in einem Zug leerte, trank der junge Mann einen Whisky.

»Du erinnerst mich an jemanden, den ich mal sehr geliebt habe«, sagte Marie.

»Ist das gut oder schlecht?«, fragte er.

»Ich weiß es nicht.«

Während sie ihn betrachtete, strich er ihr über die Haare und Marie fing an zu weinen. Er zog ein Seidentuch aus seinem Jackett und tupfte ihr die Tränen weg. Dann küssten sie sich.

»Marie, was hältst du davon, wenn wir zu mir gehen?«, fragte er.

»Warum nicht?«, antwortete Marie.

Sie setzten sich in ein Taxi und fuhren ungefähr eine Stunde durch die Stadt. Schließlich hielt der Wagen vor einem Haus mit Säulen am Eingang. Jackson bezahlte den Fahrer, stieg aus und öffnete Marie die Tür.

»Hier wohnst du?«, fragte Marie und blickte auf das fünfstöckige Gebäude.

»Ja, das alles gehört mir. Ich bin der einzige, der in diesem Haus lebt.«

»Unglaublich!«

»Marie, ich habe es geerbt.«

»Trotzdem, ganz allein in so einem Gebäude! Ich würde mich nicht wohlfühlen.«

»Ich mag das. So habe ich meine Ruhe.«

Sie gingen die Treppen hoch. Jackson nahm eine Karte aus seiner Hosentasche und hielt sie gegen ein schwarzes Quadrat. Die Tür öffnete sich. Sie betraten eine Halle, während die Tür sich wieder schloss. Ein Fahrstuhl brachte sie in die fünfte Etage. Marie konnte nichts sehen, da alles in völliger Dunkelheit lag. Jackson betätigte einen Schalter und zum Vorschein kam ein riesiges Loft, jedoch ohne Fenster, spartanisch eingerichtet.

Zeitgleich lief auf der einen Wand der Film *Pollock*, auf der zweiten ein asiatischer Bondage-Porno und auf der dritten ein Film, in dem auf einem Tisch Pinsel, Farbtuben und Teppichmesser lagen, deren Position immer wieder verändert wurde. Der Ton war bei allen dreien stummgeschaltet.

»Marie, du musst keine Angst haben. Ich bin Künstler und du darfst heute Teil meiner Performance sein. Du bist eine Muse! Du bist meine Muse!«, rief er voller Begeisterung.

»Deine Muse?«

»Ja, Marie, ich habe es dir sofort angesehen!«

Marie schaute sich weiter um und sah auf dem Boden eine Leinwand liegen. Sie war vielleicht fünf mal fünf Meter groß. Darüber schwebte ein weißes Tuch, in dem etwas eingehüllt war. Jackson führte Marie zu dem Tuch und zog es weg. Zum Vorschein kam ein älteres Paar, vielleicht Mitte sechzig, das mit den Köpfen nach unten mit Ketten um die Füße an einem Haken von der Decke hing. Jackson entfernte ihnen die Knebel aus den Mündern.

»Jackson!«, schrie Marie.

»Marie, alles ist gut. Das sind meine Eltern.«

»Wir sind nicht Ihre Eltern, Sie Irrer!«, schrie der Mann, obschon halb bewusstlos.

»Sie sind der Jackson-Pollock-Ripper, nach dem die Polizei fahndet«, wimmerte die Frau.

»Ja, das stimmt. Aber Ripper klingt nach Mord und Schlachtung. Ich bin nur ein Künstler, der seine Eltern in seine Kunst einbezieht.«

»Wir sind nicht Ihre Eltern!«, schrie der Mann erneut.

Nun erinnerte sich Marie. Sie hatte vor einiger Zeit im Radio etwas von einer Mordserie gehört. Blutige Leinwände wurden, kunstvoll angefertigt wie die Arbeiten von Jackson Pollock, immer wieder in verschiedensten Stadtteilen gefunden, daneben die Leichen von älteren Ehepaaren. Während ihr das noch durch den Kopf ging, rammte ihr Jackson eine Nadel in den Hals und injizierte ihr eine Substanz. Gleichzeitig zog er ein Teppichmesser aus seiner Hosentasche und schnitt dem Paar die Kehlen durch. Marie war wie in Trance. Danach warf Jackson Marie auf den Boden, fickte sie und schrie dabei die gesamte Zeit: »Vater, Mutter, ich brauche euch! Vater, Mutter, ich liebe euch! Vater, Mutter, ich hasse euch! Vater, Mutter, ständig seid ihr in meinem Gehirn!«

Marie starrte fasziniert nach oben und öffnete ihren Mund, während sie und Jackson von Blutfontänen bespritzt wurden und zusammen einen heftigen Orgasmus erlebten. Die blutleeren Körper baumelten wie Glocken über den beiden. Jackson drehte sie um, fickte sie noch einmal, dieses Mal in den Arsch, und Marie hatte einen zweiten, noch stärkeren Orgasmus, während sich ihre blutigen Finger in die Leinwand krallten.

Einige Stunden später wachte sie neben Jackson auf. Sie kniete sich neben ihn, nahm das Teppichmesser, durchtrennte seine Kehle und betrachtete, wie sein Blut über die Leinwand lief und sich mit dem Sperma vermischte. Dann ging sie unter die Dusche, zog sich wieder an, nahm die Karte aus Jacksons Tasche, verließ das Gebäude und ging zurück in ihr Penthouse.

24. Kapitel

Marie konnte nicht glauben, in was für eine Welt sie durch Snuff Lolita hineingezogen worden war: das *Xymox*, die Schlägerei, der Jackson-Pollock-Ripper. Wie konnte sie nur so schwach sein? Und dennoch musste sie erneut an Snuff Lolita denken. Auf eine fast morbide Weise war Marie von Snuff Lolita besessen, fühlte sich von ihr angezogen und war ihr ausgeliefert. Wieder erhielt sie eine SMS von ihr:

»Marie, ich koche etwas für uns. Ein romantisches Dinner? Kerzen? An einem aufregenden Ort? Ich würde mich sehr freuen. Heute Nacht? Ich denke die ganze Zeit an dich. Du fehlst mir. Deine Snuff Lolita.«

Also wurde Marie erneut rückfällig. Mit einem Taxi fuhr sie in ein abgelegenes Industriegebiet, stieg aus, steuerte auf eine Halle zu und ging hinein. Sie vernahm klassische Musik und erblickte in der Ferne Snuff Lolita, die einen schwarzen Lederumhang trug. Einen langen Tisch hatte sie gedeckt, auf dem sehr viele Kerzenleuchter standen. Als sich Marie dem Tisch näherte, erschrak sie. Dort lag ein älteres Paar – nebeneinander, auf dem Rücken. Fast die gesamten Körper waren mit Klebeband am Tisch fixiert, sodass Marie nur noch Kopf und Füße erkennen konnte.

»Marie, wunderbar, dass du gekommen bist!«, rief Snuff Lolita.

»Was hat das zu bedeuten?«, schrie Marie entsetzt.

»Marie, ich liebe dich und wollte mit dir etwas ganz Besonderes teilen.«

»Soll das etwa das romantische Dinner sein? Unser gemeinsamer Neustart?«

»Ja, Marie, das sind meine Eltern. Großartig, nicht wahr?

Das ist echt: meine Eltern, extra für dich! Nicht so ein Fake wie bei Jackson!«

Snuff Lolita betätigte eine Fernbedienung. Die klassische Musik verstummte und es erklang *Rammstein: Ein Mensch brennt*. Während Snuff Lolita mitsang, übergoss sie ihre Eltern mit Benzin, zündete sie an und schaute zu, wie sie in Flammen aufgingen.

»Mein Gott, Snuff Lolita, was hast du getan?«

»Aber, Marie, ich liebe dich und wollte diesen besonderen Moment mit dir erleben. Ich wollte, dass es authentisch ist – mit meinen Eltern und nicht so wie bei dem Jackson-Pollock-Ripper. Noch mehr Genuss, noch mehr Ekstase! Wahrhaftigkeit!«

Marie konnte Snuff Lolita durch die Flammenwand kaum mehr erkennen. Das Geschrei der lichterloh brennenden Eltern verwandelte alles noch zusätzlich in ein gespenstisches Szenario.

Sie rannte davon, verließ die Halle und tauchte ein in die Nacht, während sie in der Ferne Polizeisirenen hörte.

Zwei Wochen später erhielt Marie nachmittags einen Anruf von Lady Tormentum. Sie solle abends um zwanzig Uhr bei ihr erscheinen. Marie bereitete sich einen Salat zu, ging unter die Dusche, schminkte sich, zog den weißen Latexanzug und die dazu passenden Stiefel an, die ihr bis unter die Knie gingen. Danach band sie sich das Nietenarmband um. Sie streifte sich einen dünnen, eher seriös wirkenden dunklen Mantel über und fuhr los. Lady Tormentum öfnete, ließ sich das Outfit präsentieren und nickte zufrieden. Sie brachte Marie in den anderen Raum, in dem überall Kerzen leuchteten, und erklärte ihr, was sie zu tun hatte.

Marie stellte sich neben ein drei Meter hohes Kreuz und schwieg, bis sie die Klingel vernahm. Lady Tormentum, der nackte Dr. Zoom, der junge Mann aus dem Laden, der wieder als Krankenschwester verkleidet war, und ein weiterer Mann Anfang zwanzig betraten den Raum. Der zweite Begleiter von Dr. Zoom war ganz in Gold gekleidet: goldener Anzug, goldene High Heels, Finger- und Fußnägel in Gold lackiert, goldgefärbte Haare und Wimpern.

»Hallo, Marie, ich habe Schwester Nora und den Goldjungen mitgebracht. Wie herrlich alles aussieht, Lady Tormentum! Sie haben sich mal wieder die größte Mühe gegeben«, lobte Dr. Zoom.

Marie unterdrückte ihr Erstaunen und tat das, was ihr Lady Tormentum gezeigt hatte. Sie drückte auf einen Schalter und das Kreuz bewegte sich langsam in die Horizontale. Dr. Zoom legte sich hin und wurde von beiden Frauen festgeschnallt. Dann fuhr das Kreuz wieder hoch und Dr. Zoom hing nackt mit dem Kopf nach unten am Kreuz. Marie drückte auf einen weiteren Knopf und es ertönte *The Beautiful People* aus einem Lautsprecher. Dabei stand sie neben dem Kreuz, Lady Tormentum neben ihr. Die Krankenschwester stellte sich vor Dr. Zoom, holte ihren Schwanz heraus, masturbierte, während die Musik von Marilyn Manson in voller Lautstärke durch den Raum schallte. Der junge Mann spritzte in Dr. Zooms Gesicht, dessen Kopf aufgrund des Hängens und seiner Erregung immer röter anlief.

Nach dreißig Minuten wurde das Kreuz wieder heruntergefahren. Während der gesamten Prozedur stand der Goldjunge in einer Ecke und zündete Wunderkerzen an, die er schweigend hochhielt. Dr. Zoom blieb festgeschnallt liegen. Lady Tormentum und Marie stellten sich neben ihn. Jede von ihnen nahm eine Peitsche in die Hand und sie schlugen zehn Minuten lang abwechselnd auf ihn ein. Parallel lief *California Love* von 2Pac. Die Krankenschwester ritzte sich die Unterarme mit einer Rasierklinge auf und ließ das Blut in Dr. Zooms Gesicht träufeln, der den Mund weit öffnete. Danach wurden seine Fesseln gelöst und er stand auf. Dr. Zoom nickte Marie kurz zu und wurde von Lady

Tormentum, der bandagierten Krankenschwester und dem Goldjungen zur Tür begleitet. Marie machte derweil alles sauber, löschte die Kerzen, entsorgte den Rest im Müll.

Später setzten sich Lady Tormentum und Marie in die Ledersessel und rauchten eine Zigarette.

»Marie, ich bin sehr zufrieden. Du hast alles perfekt gemacht. Du bist eine sehr begabte und tolle Assistentin.«

»Vielen Dank, Lady Tormentum.«

»Dr. Zoom hat zehntausend Dollar für die Session bezahlt. Hier sind deine zehn Prozent.«

»Oh, vielen Dank«, sagte Marie und nahm die tausend Dollar.

»Hast du noch irgendwelche Fragen?«

»Nein.«

»Keine Fragen?«, hakte Lady Tormentum nach.

»Nein.«

»Auch nicht in Bezug auf Snuff Lolita?«

»Was wissen Sie, Lady Tormentum?«

»Snuff Lolita ist eine sehr begabte und talentierte junge Frau, die jedoch eine Gefahr darstellt. Nun sitzt sie im Gefängnis. Es erwartet sie lebenslänglich. Wenn man seine Eltern verbrennt, muss man eben mit den möglichen Konsequenzen leben.«

»Warum haben Sie mich zu ihr geschickt?«, fragte Marie.

»Snuff Lolita ist eine tolle Designerin. Schau dir nur dein Nietenarmband an! Außerdem war es ein Test: Ich wollte sehen, was passiert, wenn ihr beiden euch begegnet und wie belastungsfähig du bist. Snuff Lolita war auch eine Zeit lang meine Assistentin. Ich musste sie jedoch entlassen, da sie absolut keine Grenzen kannte. Auch die unerwartete und nicht geplante Konfrontation mit dem Jackson-Pollock-Ripper und dein Umgang mit der Situation waren sehr aufschlussreich für mich.«

»Woher wissen Sie von all diesen Dingen?«, fragte Marie erstaunt.

»Ich habe meine Informanten.«

»Ich verstehe.«

»Sehr schön, Marie. Jetzt zu einem weiteren Auftrag!«

»Ja, Lady Tormentum.«

»Es geht erneut um Dr. Zoom. Er hat mir diesen Zettel übergeben. Sein Wunsch ist, dass du bei der Session anwesend bist. Ich werde nicht dabei sein. Lies alles durch und sag mir, ob du dazu bereit bist.«

Sie nahm den Zettel und las. Marie betrachtete Lady Tormentum, die ihrerseits ihre Assistentin völlig regungslos anstarrte. Noch einmal ging sie die Wunschliste durch, weil sie nicht glauben konnte, was dort stand.

»Marie, bist du dazu in der Lage? Ich habe dir zwar am Anfang gesagt, dass du nichts ablehnen darfst. Aber in diesem Fall wäre das in Ordnung.«

»Haben Sie schon einmal so etwas gemacht?«, fragte Marie.

»Einmal«, antwortete Lady Tormentum.

»Ich werde an der Session teilnehmen.«

»Sehr gut. Ich wusste, dass du ja sagen wirst. Jetzt gebe ich dir einen weiteren Zettel. Lies, merke dir alles und gib ihn mir dann zurück.«

Marie las, merkte sich alles und gab ihn schließlich Lady Tormentum zurück, die nun beide Zettel in einem Kelch verbrannte.

»Dr. Zoom hat für die Session hunderttausend Dollar bezahlt. Hier sind zehntausend für dich. Es ist dein Auftritt. Halte dich bereit. Übermorgen ist es soweit. Alles Gute!«

»Vielen Dank, Lady Tormentum.«

Marie nahm das Geld, stand auf, lächelte Lady Tormentum kurz an und verließ das Penthouse.

Zwei Abende später stand Marie rauchend vor ihrem Fenster im Wohnzimmer. Es war ein eigentümlicher Zustand, in dem sie sich befand, eine sonderbare Mischung aus Anspannung, Erregtheit und Gleichgültigkeit. Die Anspannung war für sie nachvollziehbar angesichts der anstehenden Session, nicht jedoch die Gleichgültigkeit und Erregtheit, die sie als inadäquat und abweichend vom erwarteten Gefühlszustand erlebte. Sie blickte auf die Hausdächer, die wie Raumschiffe über allem schwebten. Die hängenden quadratischen und rechteckigen Flugobjekte sorgten für Stillstand, für Pause, die nicht zu dem passte, was sie vorhatte. Immerhin ging von den außerirdischen Raumstationen eine Ruhe aus, die ihr guttat. Sie trug das schwarze Outfit von Gaultier, wie von Dr. Zoom erwünscht. Sie löschte ihre Zigarette, bestellte ein Taxi, huschte durch die Halle, nickte kurz José zu, ging auf die Straße, setzte sich ins Taxi und gab dem Fahrer die Adresse. Er schaute etwas verwundert und fragte noch einmal nach. Marie nickte.

Die Fahrt dauerte eine Stunde. Als sie hinaus in die Dunkelheit blickte, atmete sie ganz entspannt ein und aus. Am Ziel vergewisserte sich der Fahrer, ob er Marie wirklich so alleine stehen lassen sollte. Marie erklärte, dass alles gut sei.

Es war eine verlassene Kreuzung. Das Einzige, was Marie vernahm, war das leise Ächzen von Ölpumpen in der Ferne, die wie riesige Echsen ihren Kopf Tag und Nacht in den Boden rammten. Dann tauchte eine schwarze Limousine auf, hielt neben ihr und jemand stieg aus. Vor ihr stand ein Bodybuilder in einem Nonnenkostüm, um dessen Hals eine dicke Goldkette hing. Die Kette fixierte einen ungefähr zwanzig Zentimeter langen Namen: *King Arthur*. Die Nonne öffnete die Tür und Marie nahm auf der Rückbank Platz. Dann ging die Fahrt weiter.

Nach einer weiteren Stunde wurde die Limousine langsamer und hielt an. Die Nonne verließ den Wagen und öffnete die Tür. Marie stand nun vor dem Wagen und betrachtete das Szenario, das sich ihr bot. Sie befanden sich in einer wüstenähnlichen Gegend. Auf mehreren Sesseln im Versace-Stil saßen Dr. Zoom, Schwester Nora, der Goldjunge und ein Marilyn-Manson-Double. Ein fast zwei Meter großer Clown schenkte allen Champagner ein, während im Halbkreis Kerzenleuchter für eine entsprechende Illumination sorgten.

Dr. Zoom erblickte Marie, kam auf sie zu, küsste ihre Hand und flüsterte ihr etwas ins Ohr. Dann ging er wieder zurück zu den anderen, nahm sein Glas in die Hand und blieb stehen. Der Rest stand ebenfalls. Dr. Zoom hielt eine kurze Rede, alle prosteten sich zu und tranken aus. Die Nonne ging kurz zum Auto und drehte die Musik laut auf. Es erklang das Allegro, 4. Satz, aus dem Oboenkonzert von Giovanni Alberto Ristori. Marie und die Nonne standen vor einer Grube, die ausgehoben worden war. Der Goldjunge küsste Dr. Zoom auf den Mund, stellte sich vor die Grube, die Nonne zog eine Waffe, setzte sie an die Schläfe des Goldjungen, drückte ab und er fiel in die Grube. Alle anderen taten es ihm gleich: Schwester Nora, Marilyn Manson und der Clown. Alle ließen sich von der Nonne exekutieren und fielen in die Vertiefung. Als Letzter kniete sich Dr. Zoom vor Marie und breitete seine Arme aus. Marie, die Handschuhe trug, nahm der Nonne die Waffe aus der Hand und schoss Dr. Zoom drei Mal in den Kopf, der langsam nach hinten kippte und ebenfalls in das Grab fiel. Dann nahm die Nonne die Waffe und schmiss sie in die Tiefe. Der Rest folgte: die Möbel, die Kerzenleuchter, die Flaschen und Gläser. Dann schaufelte die Nonne alles zu, fuhr Marie zurück zur Kreuzung und rief ein Taxi, das Marie zurück nach Hause brachte.

Die nächsten Monate gingen ähnlich weiter: mit Kundinnen und Kunden mit ganz speziellen Wünschen.

Eines Abends erhielt Marie wieder einen Anruf von Lady Tormentum.

»Marie, ich erwarte einen sehr besonderen Kunden mit

außergewöhnlichen Wünschen. Die Session wird sehr anstrengend werden. Es wird zwei Tage dauern. Du wirst hier auch übernachten müssen. Der Kunde zahlt zweihunderttausend Dollar.«

»Lady Tormentum, ich werde selbstverständlich da sein.«

»Sehr gut, Marie. Den genauen Termin gebe ich dir noch durch. Über den Ablauf der Session informiere ich dich, wenn du hier bist. Wir erwarten den ehrenwerten Henry Francis van Dalconi.«

Henry

Henry van Dalconis Großvater wanderte in den 1940er-Jahren in die USA aus und ließ sich als Farmer in Georgia nieder. Als Erdnussfarmer mit niederländisch-italienischen Wurzeln brachte er es innerhalb kürzester Zeit zu Wohlstand. Henrys Vater Jacob arbeitete von Kindesbeinen an mit auf der Farm, studierte Mathematik und Landwirtschaft in Atlanta und kehrte nach ein paar Jahren auf die Farm seiner Eltern zurück, wo er zusammen mit seinem Vater und seinen Brüdern den Betrieb erfolgreich ausbaute und eine neue Erdnusssorte züchtete, die deutlich besser war hinsichtlich ihrer Konsistenz und keine Pestizide benötigte. Die drei Brüder von Jacob bauten auf dem großen Grundstück jeweils auch ein Haus und gründeten ihre eigenen Familien. Jacob blieb in seinem Elternhaus, in dem auch seine Eltern bis zu ihrem Tode lebten. Jacob heiratete Adelaide, eine Farmerstochter. Sie schenkte ihm drei Söhne und zwei Töchter.

Auf dem riesigen Anwesen, auf dem so viele Menschen lebten einschließlich der Angestellten und Arbeiter sowie deren Familien, herrschte immer Hochbetrieb. Da Jacob und seine Brüder sehr umgängliche und freundliche

Menschen waren, bestand stets ein angenehmes Arbeitsklima, auch wenn alle sehr lange und anstrengende Arbeitstage hatten. So wuchsen Henry und seine vier Geschwister in einer Umgebung auf, die zwar geprägt war von harter Arbeit, aber eben auch von viel Liebe, Empathie und Güte. Die Farm und die riesigen Erdnussplantagen waren für die Kinder natürlich der Abenteuerspielplatz schlechthin, als ob jemand dieses Areal extra für sie zum Toben zusammengebaut hätte. Natürlich mussten die Kinder manchmal mithelfen. Gleichwohl legten Jacob, seine Brüder und Schwägerinnen auch viel Wert darauf, dass die Kinder die Schule regelmäßig besuchten und ihre Hausaufgaben machten. Das hatte Vorrang vor allem, auch vor der Arbeit auf der Farm. Die Kinder jedoch zeigten reges Interesse an der Farmarbeit – bis auf Henry. Der entpuppte sich relativ schnell als Sonderling. Manche nannten ihn einen Träumer. Henry spielte nicht mit den anderen, zog sich zurück oder streifte alleine durch die Natur. In der Schule konnte er sich für Geschichte und Literatur begeistern.

Während seine Brüder, Schwestern, Cousins und Cousinen einen kräftigen und gesunden Eindruck machten, wirkte Henry immer etwas blässlich und krank. Er war ein eher hagerer Typ. Jacob machte sich Sorgen um ihn. Doch Adelaide fand, dass Kinder nun einmal unterschiedlich waren. So verbrachte Henry manchmal Stunden in irgendwelchen Baumkronen und blickte in den Himmel. Er war zwölf, als er auf einem Ast verweilte und Selbstgespräche führte.

»Um was geht es eigentlich im Leben, Henry?«

»Ich weiß es auch nicht«, antwortete er sich selbst.

»Geht es um die Natur, um Güte, um Liebe?«

»Vielleicht.«

»Oder geht es um das Nichts?«

»Vielleicht.«

»Ergibt eigentlich irgendetwas einen Sinn?«

»Vielleicht.«

»Alles endet doch mit dem Tod, oder?«

»Vielleicht.«

»Muss man den Tod fürchten?«

»Vielleicht.«

»Existiere ich überhaupt?«

»Vielleicht.«

»Woher weiß ich, dass ich existiere?«

»Keine Ahnung.«

»Woher weiß ich, dass meine Hand meine Hand ist?«

»Keine Ahnung.«

»Weiß ich, dass ich existiere, wenn ich Erkenntnisse gewinne?«

»Vielleicht.«

»Gewinne ich Erkenntnisse, wenn ich Schmerzen verspüre?«

»Vielleicht.«

Beim Wort Schmerz empfand Henry eine leichte Erregung; er ließ sich einfach fallen und brach sich den Unterarm. Sechs Wochen lang lief er mit einem Gips herum. Einen Monat später rannte Henry mit dem Kopf gegen eine Wand und lag vier Tage mit einer Gehirnerschütterung, einer Beule an der Stirn und einem Veilchen im Krankenhaus. Da diese »Unfälle« zunahmen, machten sich viele Sorgen, allen voran natürlich Jacob und Adelaide, auch weil es Spekulationen über häusliche Gewalt oder Geisteskrankheit gab. Jacob und Adelaide mussten irgendwie reagieren. Denn aus Henry bekamen sie einfach nichts heraus. Also fuhren sie mit ihm schweren Herzens nach Atlanta in die Uniklinik und stellten ihn einem Jugendpsychiater vor. Der war ungefähr Mitte fünfzig, korpulent, hatte Locken, Vollbart und eine Brille. Zuerst unterhielten sie sich zu viert, dann saß Henry alleine mit Professor Cooper in seinem Sprechzimmer. Der Junge fühlte sich dort gleich wohl. An den Wänden hingen seltsame Bilder, eigenartige Figuren standen in den Regalen und überall lagen Bücher.

»Henry, deine Eltern machen sich Sorgen. Kannst du das verstehen?«, fragte Cooper.

»Hm, ja.«

»Warum machen sich deine Eltern Sorgen?«

»Weil sie denken, dass ich verrückt bin.«

»Bist du verrückt?«

»Weiß nicht. Ist das nicht Ihre Aufgabe, das zu beantworten?«

Da musste Cooper schmunzeln.

»Verletzt du dich mit Absicht?«, fragte er weiter.

»Ja.«

»Weil?«

»Hm, weil ich alles rätselhaft und seltsam finde und niemand mir Antworten gibt. Der Schmerz ist die Antwort.«

»Ist das so?«

»Ja, Professor Cooper.«

»Nenn mich Dave.«

»Okay, Dave.«

»Ich habe vorhin gehört, dass du ein guter Schüler bist. Vor allem bist du in Geschichte und Literatur sehr gut. Können Bücher dir nicht die Antworten geben?«

»Komischerweise habe ich das noch nicht so gesehen.«

Das Gespräch dauerte fast zwei Stunden. Dann bat Cooper Jacob und Adelaide herein und erklärte, dass er bei Henry ein gutes Gefühl habe. Er bot ihnen an, einige Sitzungen mit Henry durchzuführen. Professor Cooper und Henry sahen sich über einen Zeitraum von drei Monaten.

Tatsächlich verletzte sich Henry nicht mehr. Doch etwas verschwieg er Cooper gegenüber. Es war diese Irritation, die Henry bei sich verspürte, die ihm unangenehm war und ihn zugleich erregte. Wenn er an der Straße stand und ein

Lkw an ihm vorbeiraste, führte die Erschütterung zu einer leichten Erektion bei ihm.

Henry las immer mehr und seine schulischen Leistungen wurden noch besser. Er verließ kaum noch sein Zimmer. Da er sich jedoch nicht verletzte und sich relativ unauffällig verhielt, also unauffällig für seine Verhältnisse im Sinne von *henryesk* im Sinne von *henryphren*. Ohne, dass *henry* in irgendeiner Form durch *schizo* hätte ausgetauscht werden müssen, ließen ihn alle in seinem henryartigen Königreich schalten, walten und regieren.

Er war jetzt sechzehn Jahre alt, sah aber aus wie zehn. Er war nach wie vor blass, hager, kränklich und dennoch ein attraktiver Junge. Zwei Ereignisse beunruhigten ihn. Zum einen las er einen Roman, den er immer nachts wie einen Goldbarren, der vor anderen versteckt gehalten werden musste, aus seinem obersten Regal hervorholte und der für ein leichtes Rauschen in seinem Kopf sorgte: *Querelle* von Jean Genet. Zum anderen gab es den älteren Stallburschen Mickey, der muskulös und braungebrannt bei Henry für dasselbe Gefühl sorgte wie die vorbeifahrenden Lkw. Henry traf sich ein paar Monate lang heimlich mit ihm in einem abgelegenen Stall. Er führte ihn dabei nicht nur in die homosexuelle Liebe ein, sondern fesselte Henry, schlug oder vergewaltigte ihn, was Henry jedoch über sich ergehen ließ. Seinen Eltern fielen irgendwann die Verletzungen auf und sie stellten ihn zur Rede. Henry erklärte ihnen, dass sie sich keine Sorgen machen müssten, dass er durchs Lernen halt oft übermüdet sei und dann hinfallen würde. So ganz nahmen sie ihm das nicht ab. Nach fünf Monaten beendete Henry die Treffen mit Mickey.

Als Henry achtzehn war, lernte er Julie kennen, eine Mitschülerin aus seinem Jahrgang. Jacob und Adelaide freuten sich: Henry war ein begabter Schüler, wies keine Verletzungen mehr auf und hatte jetzt auch noch eine

Freundin. Nach sechs Monaten beendete Henry jedoch die Beziehung. Weder Mickey noch Julie konnten ihm wirklich das geben, wonach er suchte.

Henry ging nun aufs College. Danach bewarb er sich in Los Angeles an der UCLA für Geschichte und Literatur. Einerseits stolz und andererseits schweren Herzens ließen ihn Jacob und Adelaide ziehen. Seinen Geschwistern war es egal, da sie ihren Bruder schon immer für seltsam gehalten hatten und nichts mit ihm anfangen konnten.

Henry bezog eine sehr kleine Ein-Zimmer-Wohnung in der Nähe der Uni. Da seine Eltern wohlhabend waren, konnte er sich das problemlos leisten. Er war froh, nicht in einem Studentenwohnheim leben zu müssen. Henry war ein ausgezeichneter Student, auf den die Dozentinnen und Dozenten sehr schnell aufmerksam wurden.

Eines Nachts kam er von der Uni zurück und ließ sich durch Los Angeles treiben. Dann sah er etwas, was ihm die Luft abschnürte und das wie ein übermächtiger Stromschlag durch seine Milliarden von Neuronen zog: An einer Straße standen Stricher und boten sich an. Bei einem von ihnen hielt gerade ein Lkw an. Der junge Mann stieg ein und sie fuhren davon. Henry blieb endgültig die Luft weg. Ihm wurde schwindelig und er musste sich an einem Baum festhalten. Dann torkelte er wie ein Betrunkener zurück in seine Wohnung, legte sich aufs Bett und starrte an die Decke.

In seinen Vorlesungen und Seminaren saß er regungslos auf seinem Platz und schaute durch die Dozentinnen und Dozenten hindurch. Eine Woche später hielt er es nicht mehr aus. Es zog ihn zum Straßenstrich. Die anderen Jungs akzeptierten ihn, aus welchem Grund auch immer. Die Zuhälter kassierten fast alles. Henry war das egal. So führte er ein Doppelleben als Student und Stricher. Henry stieg nur in Lkw ein. Die Monster aus Stahl, Chrom und Metall erregten ihn. Er fühlte sich stark angezogen von den geradezu comichaft anmutenden, hypervirilen und zum Teil rohen Fahrern. Einige waren übergewichtig, verschwitzt, behaart und ungewaschen. Das machte Henry nichts aus. Im Gegenteil: Es steigerte seine Lust. Zum Teil wurde er geschlagen, vergewaltigt, musste ohne Kondom ficken oder die Männer oral befriedigen. Sein Lieblingsfreier war Max, ein tätowierter, glatzköpfiger und übergewichtiger Typ mit einem riesigen Schwanz. Henry musste sich immer ganz nackt ausziehen, die Unterwäsche von Max' Tochter anziehen und ihm ohne Kondom einen blasen. Dabei musste Henry immer wieder würgen. Max jedoch hielt seinen Kopf fest und schlug ihn mit der Gürtelschnalle. Anschließend drehte er Henry immer um und nahm ihn anal. Henry genoss die Schmerzen. Doch er musste deshalb immer wieder ins Krankenhaus. Wunden mussten genäht, Geschlechtskrankheiten behandelt, eine Operation wegen Verletzungen im Darmbereich durchgeführt werden. Da legte Henry ein Urlaubssemester ein. Fragen von der Uni wich er aus.

Auf dem Strich lernte er Antonio kennen. Sie verliebten sich und wurden ein Paar. Antonio lebte in einem heruntergekommenen leerstehenden Haus. Er war zwanzig Jahre alt und vor drei Jahren aus Honduras geflüchtet. Zu seiner Familie hatte er keinen Kontakt mehr. Neben der Matratze, auf der sie schliefen, gab es einen kleinen Ofen. Darüber hingen einige Poster. Außerdem gab es noch eine abgewetzte Couch. Daneben stand ein kleiner Tisch und darauf eine Vase, in der stets frische Blumen steckten. Antonio hatte versucht, in dem ganzen Dreck und Chaos seine Ecke so auszustatten, dass man sich, soweit überhaupt möglich, wenigstens etwas behaglich fühlen konnte. Meistens lagen sie einfach nur nebeneinander herum, hörten Musik, unterhielten sich oder tranken Bier und rauchten Crack. Eines Tages verschwand Antonio spurlos und Henry hörte nie mehr etwas von ihm.

Nach zwei Jahren beendete Henry sein Doppelleben

und widmete sich wieder ganz der Uni. Er hatte mit dem Kapitel endgültig abgeschlossen. Seine Eltern besuchte er zweimal im Jahr. Einmal, er war Ende zwanzig, gab es eine Situation, die ihn beunruhigte, die ihn erzittern ließ: In einer Mitternachtsvorstellung sah er im Kino den Film *Mysterious Skin* von Gregg Araki. Hauptdarsteller Joseph Gordon-Levitt spielte einen Stricher und hatte große Ähnlichkeit mit Henry. Ihm drohte zwar kein Rückfall, aber Henry wurde noch einmal auf drastische Weise sein früheres Doppelleben vor Augen geführt. Fasziniert starrte er mit Tränen in den Augen auf die Leinwand.

So vergingen die Jahre. Henry beendete sein Studium mit Bravour. Er habilitierte sich in Geschichte und lehrte selbst an der UCLA. Nach seinen kurzen Beziehungen zu Mickey, Julie und Antonio hatte er keine mehr geführt. Er lebte in einem sehr spartanisch eingerichteten Haus am Meer. Mit vierzig schrieb er einen Bestseller: eine Biographie über Abraham Lincoln.

Vier Jahre später starb sein Vater bei einem Unfall auf der Farm, seine Mutter drei Monate danach. Sie stand in der Küche und ihr Herz hörte einfach auf zu schlagen. Mit dem Verlust des Ehemannes war sie nicht zurechtgekommen. Ein gebrochenes Herz!

Seit dem Tod seiner Eltern hatte Henry seine restliche Familie nicht mehr besucht. Er konnte mit ihr einfach nichts anfangen und umgekehrt war es genauso.

Als Henry siebenundvierzig war, berichtete ihm ein Kollege, ein Professor für Anthropologie, von einem Schamanen, der in Mexiko in der Chihuahua-Wüste mit Drogen experimentierte.

»Henry, ich kenne dich ja nun schon eine Weile. Du bist ein Suchender. Du willst, dass jemand dir Fragen beantwortet, die nicht beantwortbar sind. Vielleicht ist das der richtige Weg, den du gehen solltest. Möglicherweise kann der Schamane für Klarheit sorgen.«

Henry nahm sich eine Woche frei und bereiste die Chihuahua-Wüste. Nach zwei Tagen fand er das Dorf, in dem der Schamane lebte. Alejandro war um die siebzig, hatte langes weißes Haar, einen langen mächtigen Bart, trug weiße Gewänder und sprach Englisch. Henry erklärte ihm sein Anliegen. Alejandro hörte zu, nickte und braute ein Getränk zusammen.

Dann gingen beide los. Nach einem mehrstündigen Fußmarsch durch eine erhabene Dünenlandschaft standen sie auf der höchsten Düne und betrachteten die Gegend. Die Sonne ging ganz langsam unter. Alejandro zeichnete einen Kreis in den Sand, bat Henry sich hineinzusetzen und reichte ihm das Gebräu, das Henry in einem Zug trank. Alejandro nahm gegenüber von Henry Platz, allerdings außerhalb des Kreises. Nach zehn Minuten vernahm Henry ein unnatürliches Rauschen. Leuchtende Schmetterlinge flatterten um ihn herum. Aus dem Rauschen wurde gefühlt ein Orkan, der ihm jedoch, so der Eindruck von Henry, nichts anhaben konnte. Er hörte Trompeten, Schreie, Gesänge, Trommeln, Summen. Wunderschöne und grauenvolle Dinge spielten sich vor ihm ab. Schließlich nahm er ein Portal wahr und konnte hindurchschauen. Die Zahl Fünfzig erblickte er, zudem Flammen, Kreuze und so etwas wie Wahrhaftigkeit. Plötzlich wurde er von einer Feuerwalze überrollt und alles war vorbei.

Es war früher Morgen, die Sonne ging langsam wieder auf und Alejandro lächelte ihn an. Sie gingen zusammen zum Dorf zurück. Henry bot Alejandro Geld an. Der jedoch lehnte ab.

Henry war jetzt neunundvierzig Jahre alt und saß abends meistens auf seiner Terrasse, blickte aufs Meer, genoss das Brausen der Wellen und trank einen Whisky. Alles war für ihn weiterhin ein Mysterium. Er wunderte sich weiterhin über die Rätselhaftigkeit des Daseins, über die vielen

Fragen, die nicht beantwortet werden konnten, über die vielen Geheimnisse, von denen die Menschen umgeben waren. Dennoch war er nach der Begegnung mit Alejandro in der Lage, die Unergründlichkeit des Lebens gelassener hinzunehmen, da er nun wusste, dass er bis zu seinem fünfzigsten Geburtstag warten musste.

Seine Arbeit an der Uni und Bücher waren seine Lebensinhalte. Freunde oder Bekannte hatte er keine. Es interessierte ihn nicht. Alle zwei oder drei Monate besuchte er Lady Tormentum. Um die Zeit bis zu seinem fünfzigsten Geburtstag zu überbrücken, hatte er für sich das Schreiben von Kurzgeschichten entdeckt. Es war für ihn die Möglichkeit zu versuchen, das Unbeschreibliche zu beschreiben oder zu benennen, natürlich immer in dem Wissen, dass er sich nur irgendetwas annähern konnte. Was es war, wusste Henry ja nicht. Nach dem Whisky setzte er sich abends oder nachts immer für eine Stunde hin und schrieb eine Geschichte.

Regen

Anna wurde immer wieder belächelt, da sie vor etwas Angst hatte, was zugegebenermaßen viele nicht mochten. Nur war es bei Anna tatsächlich eine Angst, eine Panik, vielleicht war sogar das Wort Schrecken zutreffend: Anna hatte Angst vor dem Regen, vor starken Regenfällen, Sturm, Tornados und Sturmfluten natürlich sowieso. All diese Naturgewalten waren für sie die schlimmsten Albträume. Es waren jedoch bereits die Stufen davor, die Anna größten Respekt einflößten: Sie hatte Angst vor Regentropfen. Anna hatte Angst davor nass zu werden. Wenn es regnete, ging sie nicht aus dem Haus oder ließ sich krankschreiben, was durchaus problematisch war, da sie vor sechs Monaten mit einer Ausbildung begonnen hatte.

Sie war achtzehn und lebte bei ihren Eltern. Ihr Zimmer befand sich in der ersten Etage. Wenn es regnete, konnte sie sich das Schauspiel aus ihrem Fenster anschauen, aber auch nur, wenn es leicht nieselte. Nahm der Regen zu, verkroch sie sich unter der Decke, zog sie über ihren Kopf oder gesellte sich zu ihren Eltern, die sich natürlich Sorgen machten, weil sie einfach nicht verstehen konnten, was es mit der Angst auf sich hatte. Anna war deshalb bereits in psychotherapeutischer Behandlung.

Die Psychiaterin staunte jedoch nicht schlecht, als sie im Erstgespräch erfuhr, warum Anna Angst vor dem Regen hatte. Sie verschrieb ihr Psychopharmaka. Anna sah jedoch keinen Grund dafür, Tabletten einzunehmen bei einer Angst, die für sie einen realen Ursprung hatte. Zumindest wollte die Psychiaterin Anna begleiten, um das Ganze zu verstehen und einen Zugang zu ihr zu finden. Doch wenn es regnete, sagte Anna die Sitzungen stets ab.

Ein paar Monate später lernte sie auf der Geburtstagsparty ihrer Cousine einen jungen Mann kennen. Theo war neunzehn und hatte vor, eine Ausbildung zum Zahntechniker zu machen. Anna unterhielt sich lange mit ihm. Theo sah gut aus, war charmant, witzig und eloquent. Er wies so eine Leichtigkeit auf und brachte Anna zum Lachen, was ihr guttat. Aus ihnen wurde ein Paar. Theo war ihr erster Freund, mit dem sie intim wurde. Annas Eltern und die Psychiaterin freuten sich, da sie Anna nicht mehr als so angespannt erlebten. An einem Samstagabend lagen Anna und Theo zusammen in ihrem Bett und waren aneinander gekuschelt. Annas Eltern waren übers Wochenende verreist. Sie berichtete Theo von ihrer Angst, der Therapie und, jetzt, da sie sich Theo gegenüber geöffnet hatte, ihrer Sorge, dass er sie auslachen könnte. Theo reagierte verständnisvoll und erklärte ihr, dass so etwas ja Gründe haben müsste.

Am nächsten Abend gingen sie um den Block. Da fing es an zu regnen. Anna stellte sich entsetzt unter einen Baum.

Theo breitete seine Arme aus, veranstaltete kleine Tänzchen auf der Straße, sagte ihr, dass sie keine Angst haben müsste und brachte Anna zum Lachen. Sie wurde richtig mutig, ging auf ihn zu, tanzte mit ihm und breitete ebenfalls die Arme aus. Und nichts passierte. Sie konnte es kaum glauben. Theo strahlte und Anna musste noch mehr lachen. Dann verspürte sie plötzlich ein leichtes Brennen auf ihrer Haut, fing an, sich aufzulösen, wurde vor Theos Augen weggespült und verschwand für immer als Regenwasser in der Kanalisation.

Teleskop

Julius beobachtete durch sein Teleskop den nächtlichen Sternenhimmel. Er konnte es einfach nicht glauben. Nur fünf Prozent des Universums, nur fünf Prozent der Milchstraße, nur fünf Prozent unseres Sonnensystems bestanden aus Atomen. Der Rest war dunkle Materie, über die die Wissenschaft so gut wie nichts wusste. Julius war zehn Jahre und traf sich hin und wieder mit seinem Kumpel Scott, der wie er an Astronomie und Astrophysik interessiert war. Die Mitschüler belächelten die beiden. Julius und Scott waren für sie langweilige Nerds, die sich mit irgendeinem Blödsinn beschäftigten, der nichts brachte. Ein Jahr lang trafen sie sich in der Garage von Julius´ Eltern und planten, bauten und hämmerten. In jeder freien Minute verbrachten die beiden ihre Zeit in der Garage. Stanley, Julius´ Vater, besaß drei Garagen gleich nebeneinander. Er räumte extra eine leer, damit die Jungs ihrem Hobby nachgehen konnten. Als Stanley seiner Frau erzählte, was ihr Sohn und Scott vorhatten, mussten beide lachen.

Nach einem Jahr war es soweit: Julius und Scott hatten eine Rakete gebaut. Sie flogen mit ihr ins All und wurden nie mehr gesehen.

Dakota

Dakota war dreizehn. Ihr war immer langweilig. Alles, was ihr die Eltern vorschlugen, fand sie ermüdend. Sie war eigentlich ein hübsches, intelligentes Mädchen mit wachen Augen, was jedoch in völligem Gegensatz stand zu dem Gefühl von Eintönigkeit, das sie ständig verspürte. Egal, was ihr auch die Eltern vorschlugen – sie fand es langweilig.

»Freundinnen treffen?«

»Langweilig.«

»Einen Ausflug machen?«

»Langweilig.«

»Zusammen etwas backen?«

»Langweilig.«

»Einen Film anschauen oder ins Kino gehen?«

»Langweilig.«

»Durch das Einkaufszentrum schlendern und ein Eis essen?«

»Langweilig.«

»Deine Großeltern besuchen?«

»Langweilig.«

»Musik, Bücher, Malen, Sport?«

»Langweilig.«

»Tante Alberta besuchen und mit den Hunden spielen?«

»Langweilig.«

»Etwas Leckeres kochen?«

»Langweilig.«

»Pizza und Cola bestellen?«

»Langweilig.«

Dann erklärte eine gute Nachbarin Dakotas Eltern, sie trieben ihre Tochter durch ihre restriktive Haltung gegenüber der modernen Technik in die Langeweile und Isolation. Schweren Herzens gaben die Eltern ihre Abneigung auf, da sie ja wollten, dass es Dakota gut gehen sollte.

»Dakota, wir schenken dir ein Smartphone.«
»Langweilig.«
»Dann bekommst du ein Notebook.«
»Langweilig.«
»Wir schenken dir einen großen PC für zu Hause.«
»Langweilig.«
»Du bekommst einen eigenen Flachbildschirm.«
»Langweilig.«

Da wussten die Eltern auch nicht mehr weiter. Sie legten eine Pause ein und ließen Dakota eine Zeit lang in Ruhe, da sie immerhin regelmäßig zur Schule ging und wenigstens eine mittelmäßige Schülerin war.

Eines Tages war Dakota auf dem Weg nach Hause. Da kam sie an einer Zoohandlung vorbei und starrte wie gebannt auf ein Aquarium. Die Fische, die darin schwammen, übten eine eigenartige Faszination auf sie aus. Dakota betrat den Laden, ließ sich beraten und lief nach Hause. Ihre Eltern konnten kaum glauben, was sie da hörten. Ihre Tochter interessierte sich plötzlich für Fische! Die Eltern gingen sofort mit ihr los und kauften ihr das Aquarium mit etlichen exotischen Fischen. Dakota besorgte sich Bücher über Fischzucht, Aquarien, Meeresbiologie und bat um einen PC, um sich mit anderen über das Thema auszutauschen. Ihre Lieblingsfische waren die Guppys. Von denen besaß sie etliche. Sie war wie ausgewechselt. Stundenlang betrachtete sie die Fische, führte Listen, fertigte Zeichnungen an, berichtete am Mittagstisch immer ganz aufgeregt über den neuesten Stand. Ihre Eltern freuten sich und waren begeistert.

Umso größer war der Schock, als Dakota plötzlich spurlos verschwand. Die Polizei suchte wochenlang nach ihr. Ihr Vater saß verzweifelt vorm Aquarium. Wo war bloß seine Tochter? Dann erstarrte er. Im Aquarium schwamm Dakota, geschrumpft auf die Größe eines Guppys mit Flossen und einem Schwanz.

Tucci

Na ja, es gab so merkwürdige Gerüchte, die man sich erzählte. Es waren Mythen, Legenden. Keiner glaubte sie, da es einfach zu lächerlich klang. Es waren Teenager, die sich solche Geschichten ausdachten, um zu schockieren oder sich wichtig zu machen. Da in letzter Zeit in Portland jedoch einige Menschen spurlos verschwunden waren, wurde im Netz erneut die Legende von Mr. Ultron hochgekocht.

Dale Romero, der die Spezialeinheit für verschwundene Menschen leitete, konnte diesen Quatsch nicht mehr hören. Vor allem gab es da diesen jungen Physikstudenten Patrick Kiefer, der ihn mindestens einmal die Woche anrief, um ihm die letzten Neuigkeiten über Mr. Ultron durchzugeben. Patrick war deshalb so hartnäckig, weil zwei seiner Kommilitonen vor einigen Wochen spurlos verschwunden waren, da sie angeblich zu Mr. Ultron Kontakt aufgenommen hatten.

Romero blickte auf die Fotos der verschwundenen Menschen, die an einer Tafel hingen. Angefangen hatte alles vor einem Jahr. George Tucci, ein Lehrer an einer Highschool, war seitdem spurlos verschwunden. Auf dem Schreibtisch in Tuccis Wohnung fand man einen Finger von ihm, mehr nicht. Romero, der als sehr erfahrener Profiler galt, gründete die Spezialeinheit Tucci, da der Fall in Portland natürlich für Aufsehen sorgte.

In dieser Zeit verschwanden noch zehn weitere Personen. Allen gemeinsam war die Tatsache, dass ein abgetrennter Finger auf den Schreibtischen der Personen gefunden wurde. Bei einem war es sogar ein Arm, bei einer Frau der Fuß. Dass es so etwas wie einen Mr. Ultron gab, daran glaubte Dale Romero durchaus. Es musste ein Serienmörder sein, der sein Unwesen trieb. Nur die Geschichten, die sich um Mr. Ultron rankten, fand er absurd.

Ed und Brit Gardner standen in der Küche und bereiteten das Essen vor. Es war zwanzig Uhr, eigentlich zu spät für ihre Verhältnisse. Da beide jedoch mittwochs immer einen langen Arbeitstag hatten, ging es nun einmal nicht anders. Sie kochten gesund und ausgewogen. Das war ihnen vor allem wegen der Kinder wichtig. Ihre Tochter Samantha und ihr Sohn Andrew saßen noch oben vor ihren Computern. Brit rief ihre Kinder, die beide nicht reagierten. Zusammen mit Ed ging sie verärgert nach oben und sah, wie die Kinder vor den Bildschirmen saßen.

»Samantha und Andrew, wir haben euch gerufen. Was soll das?«, fragte Brit .

»Mama, es ist gerade so spannend«, antwortete Samantha.

»Was ist denn so spannend, dass ihr aufs Essen verzichten wollt?«, fragte Ed.

»Seht doch selbst!«, schlug Andrew vor.

Brit und Ed stellten sich hinter die Kinder. Ein kalter Schauer lief ihnen über den Rücken. Die Kinder kommunizierten gerade mit einem Mann in rosafarbenem Anzug und Hemd, mit roter Krawatte, einem weiß geschminkten Gesicht und einem schwarzen Dreizack auf der Stirn.

»Hallo, liebe Familie Gardner. Mein Name ist Mr. Ultron«, sagte er.

Da wurden alle vier plötzlich durch den PC ins dunkle Reich von Mr. Ultron gezogen.

Mr. Ultron war ein Kannibale. Da sich der Arbeitgeber von Gardner Sorgen machte, alarmierte er schließlich die Polizei. Die kam und brach die Haustür auf. Die Beamten holten Dale Romero und seine Leute hinzu. Denn auf dem Schreibtisch der Kinder hatten sie Ed Gardners Hand gefunden. Mehr nicht. Die Familie selbst blieb spurlos verschwunden.

Bob

Bob Sanders war Mitte dreißig und arbeitete als Gärtner für die Stadt. Er war Single. Sehnsüchtig betrachtete er während seiner Arbeit im Park die Pärchen und Familien. Dann sah er sie. Es traf ihn wie ein Blitz. Es war Liebe auf den ersten Blick. Jennifer saß auf einer Parkbank und las. Bob nahm all seinen Mut zusammen und sprach sie an. Sie verabredeten sich. Irgendwann stellte er sie seinen Freunden und Eltern vor. Alle fanden sie großartig. Jennifer war Kindergärtnerin und liebte ihren Beruf. Die beiden heirateten. Sie waren jetzt schon drei Jahre zusammen. Kein Streit, abends zusammen eingekuschelt auf der Couch vor dem Fernseher, romantische Wochenenden, gemeinsame Interessen und derselbe Humor. Bob staunte nicht schlecht, als Jennifer ihm eines Abends in der Küche, während sie von ihrer Arbeit berichtete, ein riesiges Messer in den Bauch rammte. Verwundert blickte er sie an, klappte zusammen und starb. Sie bekam lebenslänglich.

25. Kapitel

Es war soweit. Henry hatte Geburtstag. Er wachte morgens auf und war nun endlich fünfzig. Da Semesterferien waren, konnte er sich entspannen. Einige Arbeiten der Studentinnen und Studenten musste er noch Korrektur lesen. Aber das hatte Zeit, denn die Sommerferien gingen über zwei Monate. Das war jetzt alles zweitrangig. Heute Abend war das Treffen mit Lady Tormentum und Marie.

Marie saß auf der Parkbank und rauchte. Sie genoss die Sonnenstrahlen, während sie kurz an Kelly denken musste. Sie hatten gestern miteinander telefoniert, gescherzt, gelacht, sich geneckt. Einerseits vermisste sie Kelly und andererseits war sie zurzeit in andere Welten eingetaucht, die von ihr Konzentration und Kraft einforderten. Marie überlegte kurz, was sie alles einpacken sollte für den Abend, da ihr immerhin ein zweitägiger Marathon mit Lady Tormentum und Henry Francis van Dalconi bevorstand. Marie erhob sich, kaufte sich ein Sandwich und ging zurück zur Bank. Am späten Nachmittag begann sie, sich vorzubereiten.

Sie klingelte, fuhr hoch und betrat das Penthouse. Beide Frauen waren ganz in Schwarz gekleidet. Sie setzten sich hin und Marie wurde über den genauen Ablauf der zwei Tage informiert. Im zweiten Raum bereitete sie alles vor.

Um zwanzig Uhr klingelte es an der Tür. Lady Tormentum betätigte den Summer. Marie stand im zweiten Raum neben dem Kreuz, das sich in der Horizontalen befand. Im Hintergrund war ganz leise Klaviermusik zu vernehmen: auf Henrys Wunsch die *Goldberg-Variationen* von Bach, interpretiert von Glenn Gould. Beide betraten den Raum. Henry war eine elegante Erscheinung. Er trug einen schwarzen Smoking, dunkle Haare, Seitenscheitel, war schlank, fast hager. Ein bisschen sah er aus wie Anthony Perkins. Er stellte sich vor Marie und verbeugte sich, was sie erwiderte. Lady Tormentum ging kurz weg, kam wieder, öffnete eine Flasche Champagner, füllte drei Gläser und sie prosteten sich alle leicht zu. Dann legte sich Henry mitsamt Smoking aufs Kreuz. Marie schnallte ihn fest und stellte sich dann neben ihn. Lady Tormentum blieb auf der anderen Seite und fing an zu lesen, *De profundis* von Oscar Wilde:

»Lieber Bosie, nach langem, vergeblichem Warten habe ich mich nun entschlossen, Dir zu schreiben, nicht nur in Deinem, sondern auch in meinem Interesse, denn mich schmerzt der Gedanke, dass ich in zwei langen Jahren der Gefangenschaft keine einzige Zeile von Dir erhielt und dass …«

Henry schloss die Augen, während weiterhin die Bachsonaten zu hören waren, jedoch sehr leise.

Lady Tormentum las nun schon seit einer Stunde. Dann gab sie Marie ein Zeichen, die eine Nagelpistole nahm, sie an einer von Lady Tormentum markierte Stelle von Henrys linkem Unterarm hielt und abdrückte. Er schrie kurz laut auf. Dann las Lady Tormentum weiter. So vergingen acht Stunden: eine Stunde vorlesen, Nagelpistole an den Unterarm, lesen.

Um vier Uhr in der Nacht war der erste Teil beendet. Lady Tormentum entfernte die Nägel, versorgte die Wunden und vernähte sie. Dann spritzte sie Fentanyl. Henry verfiel daraufhin in einen Tiefschlaf. Marie blieb neben dem Kreuz stehen und hielt Wache.

Lady Tormentum verschwand und tauchte um zwölf Uhr mittags wieder auf. Marie ging ins Bad, machte sich frisch, trank einen Proteinshake, den ihr Lady Tormentum mitgebracht hatte, legte sich in eine Ecke auf den Boden und dämmerte weg. Gegen neunzehn Uhr erwachte sie.

Lady Tormentum gab ihr einen Kaffee und einen weiteren Proteinshake.

Henry trug jetzt einen dunkelblauen Smoking und lag mit ausgebreiteten Armen auf dem Kreuz. Lady Tormentum fixierte ihn mit einem Bauchgurt. Unter seinen Füßen befand sich ein Brett. Vor Henry saß ein Cellist. Marie ging erneut ins Bad, kam zurück und war bereit für den zweiten Teil. Sie ging zu Henry und nickte dem Cellisten zu. Der spielte Bachs *Cello Suite No.1 in G*. Marie nahm eine stärkere Nagelpistole und schoss ihm jeweils einen zehn Zentimeter langen Nagel in die rechte und in die linke Hand. Dann drückte sie einen Schalter, das Kreuz richtete sich auf und stand innerhalb von Sekunden in der Vertikalen. Marie und Lady Tormentum warteten daneben.

Der Cellist spielte das Stück ununterbrochen fünf Stunden lang, während Henry Tränen über die Wangen liefen.

Um Mitternacht war alles vorbei. Der Cellist verschwand, das Kreuz wurde wieder in die Horizontale gefahren. Es folgten Wundversorgung und Fentanyl.

Lady Tormentum verschwand erneut, Marie hielt Wache, vormittags ein Proteinshake, Einschlafen auf dem Boden, Aufwachen gegen zwanzig Uhr.

Insgesamt waren also achtundvierzig Stunden vergangen. Henry wirkte sehr klapprig, gleichzeitig jedoch entspannt und fast glücklich. Er erhob sich, die drei gingen in den ersten Raum, Henry zog aus seiner Aktentasche einen Umschlag und überreichte ihn Lady Tormentum. Dann schauten sich beide kurz in die Augen und Henry küsste ihre Hand.

Marie und Henry verließen gemeinsam das Penthouse. Unten wartete die schwarze Limousine mit dem Bodybuilder im Nonnenkostüm. Sie fuhren auf eine Baustelle, auf der gerade mehrere Hochhäuser errichtet wurden. Ein Hochhaus, das bereits fertig war, betraten sie. Mit dem Fahrstuhl ging es in die dreißigste Etage, dann aufs Dach.

Henry stand regungslos da, betrachtete den Himmel, ließ sich von Marie mit Benzin übergießen und sich anzünden. Dann lief er los, sprang, breitete die Arme aus und flog als lebende Fackel in die Tiefe.

26. Kapitel

Es vergingen drei Wochen, in denen Marie nichts von Lady Tormentum hörte. Sie machte Sport, bekam einen Anruf von Kelly, besuchte Edward, fuhr für ein Wochenende zu ihren Eltern. Claire und India, ihre Ehemänner und die Kinder waren ebenfalls da. Marie konnte den Trubel relativ gut aushalten und freute sich, dass es ihrer Familie gut ging. Niemand stellte Fragen nach Maries beruflicher Zukunft. Alle hatten das Gefühl, dass sie noch Zeit brauchte.

In der Nacht lag Marie in ihrem Bett und starrte an die Decke. Da erhielt sie einen Anruf von Lady Tormentum.

»Marie, wir erwarten eine Kundin. Auch diese Session wird sicherlich eine Herausforderung für dich darstellen. Die Kundin zahlt sehr viel Geld. Ich kenne sie noch nicht. Morgen kommt sie ins Penthouse und wird mir über alle Einzelheiten berichten.«

»In Ordnung«, sagte Marie.

»Du wirst die Kundin nicht hier bei mir treffen, sondern an einem anderen Ort.«

»Ja, Lady Tormentum.«

»Es wird unsere letzte Zusammenarbeit sein, liebe Marie. Danach trennen sich unsere Wege.«

»Lady Tormentum, ich werde mich bereithalten.«

»Sehr gut, Marie. Ich werde dich kontaktieren. Wir erwarten die ehrenwerte Catherine Richardson.«

Catherine

Catherine war dreißig Jahre alt und Managerin in einem großen Unternehmen. Sie war brillant in ihrem Job, eine sehr kluge, eloquente und attraktive Frau. Sie war Single und hatte keine Kinder – eine ganz bewusste Entscheidung. Zu viel Zeit und Energie hatte sie in ihr Studium und ihre Karriere investiert. Hin und wieder gab es kurze Affären, aber dabei blieb es auch. Sie war nicht sonderlich daran interessiert, sich an einen Mann zu binden. Zu Hause hatte sie sich ein Fitnessstudio eingerichtet, trieb extrem viel Sport, lief entweder draußen oder auf dem Laufband und stemmte Gewichte. Ihre Eltern hatten ebenfalls wichtige Posten in Konzernen inne und ihrer Tochter ein perfektionistisches Leistungsideal eingeimpft, was für Catherine jedoch absolut in Ordnung war. Sie lebte nach jenen Idealen und einer alles umfassenden Arbeitsphilosophie. Das stellte sie zufrieden. Sie hatte Charisma und war den meisten Männern im Unternehmen weit überlegen.

Neben ihrem fast perfekt normal anmutenden Erscheinungsbild gab es zwei Dinge an ihr, die wie ein provokantes Statement erschienen. Catherine ging damit völlig selbstverständlich um. Zum einen war dies die Tätowierung rechts an ihrem Hals. Dort stand in feinen Buchstaben der Name des grandiosen und zugleich morbiden Modeschöpfers Alexander McQueen. Das zweite auffällige Merkmal an ihr war ihr linker Fuß: eine Triton-Prothese aus Carbon.

Mit fünf Jahren hatte Catherine ihren linken Fuß bei einem Autounfall verloren. Das zumindest war die offizielle Version ihrer Eltern, die Catherine bislang auch so hingenommen hatte. Doch die Wahrheit war eine andere.

Da sie seit ein paar Jahren unter Albträumen litt, die bizarr und verstörend waren, hatte sie eine Psychoanalytikerin aufgesucht, die nach einem Jahr Therapie eine

Hypnose durchführte. Was dabei zum Vorschein kam, war schockierend. Catherine stellte daraufhin Nachforschungen an, ihre Eltern zur Rede und engagierte einen namhaften Privatdetektiv.

Im Alter von fünf Jahren war Catherine für achtundvierzig Stunden verschwunden und von einem Autofahrer nachts auf einer Straße ohne ihren linken Fuß aufgefunden worden. Da völlig unklar war, was sich ereignet hatte, und alle Bemühungen der Eltern und der Polizei vergebens waren, entschlossen sich die Eltern zu der Version mit dem Autounfall, da ihnen schlichtweg nichts anderes einfiel. Catherine glaubte die Geschichte. Sie konnte sich eh an nichts erinnern. Was sie jetzt jedoch herausfand, hätte sie in ihren schlimmsten Fantasien nicht für möglich gehalten: Catherine war für achtundvierzig Stunden die Gefangene des extrem gewalttätigen, gefährlichen und bösartigen Maximilian von Abercrombie. Der Mann, der sich Lord Bunny nannte, war ein exzentrischer Multimillionär, der am Rande von Los Angeles in einer abgelegenen Hügellandschaft in einem Schloss lebte, das einem Hochsicherheitstrakt glich. Lord Bunny war Kunstsammler und hatte das Schloss von seiner Familie geerbt. Es war sein Reich, umgeben von einem sieben Meter hohen Zaun und einer genauso hohen Hecke. Zehn Leibwächter bewachten ihn und das Schloss. Sie waren in seine zahlreichen Machenschaften aus Kunstraub, Gewalt und Entführung involviert – eine pervertierte Bodentruppe, die loyal zu ihm hielt, eine Gruppe von Soziopathen, die alles für Lord Bunny tat. Sie nannte sich Sothen. Ihr Kopf war ein gewisser Johnny Nevada.

Lord Bunny lief die meiste Zeit in einer schwarzen Uniform herum, trug eine schwarze Schirmmütze und schwarze Kochmann-Patrol-Stiefel. Um seinen Hals hing eine Kette, die aus echten Kinderfüßen bestand. Zu Kindern hatte er ein fast psychotisch anmutendes Verhältnis. Alle drei Monate ließ er von seinen Gefolgsleuten ein Kind entführen: Jungen oder Mädchen, stets unter zehn Jahren. Das Opfer wurde für einen Tag in einen Käfig gesperrt, dann in einem Raum im Keller auf einem OP-Tisch fixiert und Lord Bunny hackte ihnen die Füße ab, da er ein sonderbares Verhältnis zu Kinderfüßen hatte. Kinderfüße machten ihm einerseits Angst, andererseits liebte er sie. Gleichzeitig war er davon überzeugt, dass Kinder ihre Füße ohnehin hassten und sie loswerden wollten. Nach der Fußamputation tötete er die Kinder sofort mit einem Schuss ins Herz, häutete sie, spannte ihre Haut über einen Rahmen, bearbeitete die Haut mit speziellen Lösungen und Cremes und brachte die Leinwand nach oben in sein riesiges Atelier.

Dieser Raum wies eine Größe von fünfzig mal dreißig Metern auf und eine Deckenhöhe von zehn. Überall lagen und standen Kunstwerke. An den Wänden hingen überdimensional große eingerahmte Fotos von Stalin, Pol Pot, Caligula und sich selbst.

Er setzte sich in seine Atelierecke und malte das Porträt des jeweiligen Kindes auf dessen Haut. Dazu lief immer derselbe Titel in einer Dauerschleife: *Black Forest Metal* von *Hanzel und Gretyl*.

Der Ost- war mit dem Westflügel durch einen fast achtzig Meter langen Gang verbunden. Hier hingen ungefähr zweihundert Leinwände mit Kinderporträts. Hin und wieder verkaufte er im Darknet seine Arbeiten an Sammler.

Wenn Lord Bunny eine Arbeit beendet hatte, verfiel er in eine tiefe Traurigkeit. Dann schnallte er sich seine Rollschuhe um, ging in den langen Gang, hörte über Kopfhörer *Honey Bunny* von Vincent Gallo und drehte seine Runden an den Leinwänden entlang, während ihm Tränen übers Gesicht liefen.

An dem Tag, als er Catherine entführen ließ und sie auf dem OP-Tisch fixierte, war er aus irgendwelchen Gründen unkonzentriert. Er hackte ihr den linken Fuß ab, starrte plötzlich irritiert an die Decke, schaute sich verstört um und verschwand. Auch die Fixierung war nicht perfekt. Catherine konnte sich befreien und schaffte es erstaunlicherweise, ihren Unterschenkel abzubinden. Sie verließ den Raum, durchquerte mehrere Gänge und floh schließlich durch ein Kellerfenster. Der Rahmen war im Laufe der Jahre porös geworden. Das war die einzige Schwachstelle in diesem Hochsicherheitstrakt. Nach diesem Vorfall wurde das Fenster zuzementiert.

Da sich Catherine in einem dissoziativen Zustand befand, konnte sie, ohne Angst oder Schmerzen zu verspüren, durch eine Öffnung im Zaun und in der Hecke flüchten. Sie hüpfte auf dem rechten Bein davon und kollabierte irgendwann auf einer abgelegenen Straße.

Johnny Nevada

Johnny Nevada, der eigentlich Pierre hieß, war der Sohn von Cecile, eine Crackhure. Sie war von Vater und Großvater jahrelang sexuell missbraucht worden, hatte dann mit fünfzehn Jahren Alexandre kennengelernt und war mit ihm durchgebrannt.

Sie lebten zusammen in der Vorstadt von Marseille. Es war eine heruntergekommene Wohnung, die einer Müllhalde glich. Beide konsumierten Crack und Heroin. Crack war jedoch Ceciles Lieblingsdroge. Mit zwanzig Jahren bekam sie Pierre, den sie die meiste Zeit sich selbst überließ. Sechs Monate vorher war Alexandre an einer Überdosis gestorben. Ob das Kind von Alexandre stammte, war unklar. Es hätte auch ein Freier sein können. Denn Cecile ging auf den Strich und ließ alles mit sich machen: ohne

Kondom, Strangulationen, anal, oral, fisten, Gangbang. Hauptsache, sie hatte Geld für die Drogen. Pierre lag indes die meiste Zeit in seinem Bett und wartete auf die Mutter. Zum Glück gab es noch die Nachbarin und Freundin von Cecile, die sich ab und zu um Pierre kümmerte. Ines wechselte seine Windeln oder las ihm etwas vor. Sie war im Methadonprogramm und arbeitete drei Tage in der Woche in einem Supermarkt.

Pierre war zwei Jahre alt, als Ines für eine Woche ihre Mutter in Bordeaux besuchte. Am zweiten Tag hatte Cecile einen Freier, der sie anal vergewaltigte, Zigaretten auf ihrem Rücken ausdrückte und ihr anschließend mit einer Bierflasche den Schädel zertrümmerte. Pierre saß währenddessen im Nebenzimmer auf dem Boden und hörte Schreie. Dass seine Mutter langsam verblutete und starb, verstand er natürlich nicht.

Als Ines fünf Tage später zurückkehrte und Ceciles Wohnung betrat, schrie sie laut auf. Pierre saß in seinen Fäkalien, während die Leiche seiner Mutter verweste.

Pierre kam in ein Kinderheim.

Mit dreizehn war er zu einem brutalen Schläger geworden, der schon aus mehreren Heimen und Pflegefamilien geflogen war. Da niemand wusste, was man mit ihm machen sollte, kam er in ein Heim für schwer erziehbare Kinder und Jugendliche.

Mit fünfzehn riss er einem Pfleger beide Ohren ab, vergewaltigte eine Pädagogin und erschlug den Hausmeister. Dafür kam er in den Jugendknast. Ein paar Monate später gelang ihm die Flucht und er schlug sich durch bis nach Paris. In den Banlieues lebte er in einem Keller. Das Haus war verlassen. Sanierungen waren erst in einigen Jahren geplant. Pierre streifte immer wieder durch Paris, prügelte sich, klaute und prostituierte sich gelegentlich. Nachts zog er auch manchmal durch die feineren Wohnviertel, legte Feuer oder zerkratzte Autos. Einem Freier, den er irgendwie mochte, war er in eine bürgerliche Wohngegend gefolgt. Er beobachtete ihn, als er abends mit seiner Frau und den Kindern am Esstisch saß.

Eines nachts ging er ins Kino und schaute sich einen Western an. Die Hauptfigur hieß Johnny Nevada. Von da an nannte er sich selbst so.

In dem Haus, in dem Pierre lebte, arbeitete in der zweiten Etage ein gewisser Fabrice. Er hatte sich ein Atelier eingerichtet und malte mit Öl auf kleinen Leinwänden alles, was er von der Etage aus erblicken konnte: Häuser, Autos, Menschen, Bäume, Vögel, Wolken. Fabrice war sehr talentiert und verkaufte auch tatsächlich ab und zu einige Arbeiten an einen Galeristen in Paris. Die ganze Zeit über trug er einen Krokodilkopf aus Pappmaché, sodass Pierre nicht wusste, wie Fabrice eigentlich aussah. Wenn er Fabrice manchmal in der zweiten Etage besuchte, setzte er sich auf einen abgewetzten Sessel, rauchte einen Joint, trank Bier und schaute ihm beim Malen zu. Für Fabrice war das in Ordnung und Pierre hatte jemanden, mit dem er sich unterhalten konnte, auch wenn die Stimme von Fabrice durch den Krokodilkopf stets etwas hohl klang. Fabrice erzählte Pierre einmal, dass wohl ein Sammler auf seine Arbeiten aufmerksam geworden war und der Galerist ein Treffen organisiert hatte. Der Sammler wollte in einer Woche nach Paris kommen und Fabrice kennenlernen.

In der Nacht zog Pierre wieder seine Runden in den feineren Wohnvierteln der Hauptstadt und beobachtete die vielen Menschen, die mit ihren Hunden Gassi gingen. In einem Stadtteil verschwanden plötzlich einige Hunde. Ein paar Tage später kündigte jemand auf Plakaten *Die Große Hundesause* an. Wo das alles stattfinden sollte, stand dort nicht. Erst eine halbe Stunde davor unterrichtete Pierre die Hundebesitzer telefonisch über Ort und Zeit. Als sie schließlich eintrafen, hingen zehn Hunde an ihren Schwänzen an einem Seil, das Pierre über eine Straße gespannt hatte. Sie brannten lichterloh. Pierre amüsierte sich köstlich darüber, wie alle schreiend durcheinanderliefen. Danach hörte er jedoch auf damit. Es langweilte ihn. Er brauchte einen neuen Kick, der ihn berauschte.

Pierre entführte nun mehrere Kinder und kündigte auf Plakaten *Die Große Kindersause* an. Eine der Mütter rief er zwanzig Minuten davor an. Pierre hatte alles auf einem Kinderspielplatz arrangiert. Fünf Mädchen und Jungen hingen mit dem Kopf nach unten mit Ketten um die Füße an der Stange einer Schaukel und brannten wie Fackeln. Als die Feuerwehr eintraf, waren die Kinder gänzlich verkohlt. Danach war er wieder gelangweilt.

Eine Woche später verfolgte Pierre Fabrice und beobachtete, wie mehrere Männer in der Galerie standen und sich angeregt unterhielten. Fabrice trug seinen Krokodilkopf und nickte ab und zu. Ein sehr geschmackvoll gekleideter Herr verließ die Galerie, begleitet von zwei Männern in schwarzen eleganten Anzügen. In einer Nebenstraße stellte sich Pierre vor die drei Männer, zog eine Waffe und verlangte Geld. Der Mann in der Mitte betrachtete Pierre. Noch nie hatte Pierre in Augen geschaut, die bei ihm ein derartig beklemmendes Gefühl verursachten. Also ließ er die Waffe fallen. Doch Lord Bunny erklärte ihm, dass er keine Angst haben müsse. Sie flogen zusammen in die USA. Lord Bunny adoptierte Johnny Nevada.

27. Kapitel

Marie erhielt den erwarteten Anruf von Lady Tormentum und fuhr zu ihr. Sie saßen wieder auf den Ledersesseln und rauchten.

»Marie, ich weiß nicht, was Catherine Richardson in der Vergangenheit erlebt hat. Sie hat mir nichts darüber berichtet. Es ging nur um die Einzelheiten der Session.«

»Lady Tormentum, ich werde alles umsetzten.«

»Sehr gut, Marie.«

Lady Tormentum erzählte Marie von der geplanten Session, dem Ort, dem Tag, der Uhrzeit und dem genauen Ablauf. Dann überreichte sie Marie einen Umschlag mit zwanzigtausend Dollar.

»Marie, du warst die beste und vorbildlichste Assistentin, die ich je hatte. Das ist heute unser letzter Kontakt. Ich bedanke mich für deine wertvolle Arbeit.«

»Lady Tormentum, ich bedanke mich auch für die Erfahrungen, die ich machen durfte, und die Zusammenarbeit.«

Marie erhob sich und nickte Lady Tormentum kurz zu. Sie erwiderte den Gruß.

Es war zwanzig Uhr. Marie trug ihr weißes Outfit, rauchte noch kurz eine Zigarette auf der Terrasse und rief dann ein Taxi. Das fuhr sie zu der ihr gut bekannten abgelegenen Kreuzung.

Die Nonne tauchte nach zehn Minuten auf und brachte Marie zu dem Ort, an dem die Session mit Dr. Zoom stattgefunden hatte. Überall brannten Fackeln. Zwei OP-Tische waren zu einem zwei Meter hohen Kreuz zusammengeschweißt worden, das, so erschien es zumindest, vertikal in den Boden gerammt worden war. Daneben befanden sich rechts und links zwei Männer in schwarzen Uniformen. Fünf Meter entfernt standen, regungslos und erstarrt, weitere Männer, die dunkle und rote Overalls und furchteinflößende Masken trugen. Jeder von ihnen hielt ein Musikinstrument in Händen oder saß an einem. Marie erkannte die Band, konnte jedoch nicht glauben, dass es sich tatsächlich um *Slipknot* handeln sollte. Vor dem Kreuz stand Catherine Richardson. Sie trug einen schwarzen Ledermantel und kam langsam auf Marie zu.

»Marie, ich freue mich, dass wir uns kennenlernen.«

»Mrs. Richardson, ganz meinerseits.«

»Bitte nenn mich Catherine.«

»Sehr gern, Catherine«, gab Marie zurück.

»Marie, diese Session geht mit einer Art Auftrag einher.«

»Lady Tormentum hat so etwas erwähnt.«

»Ja, der Auftrag stellt einen integralen Bestandteil dieser Session dar. Du darfst ihn nicht ablehnen.«

»Catherine, ich weiß zwar nicht, worum es geht, aber ich führe es zu Ende.«

»Sehr schön, Marie. Wie du siehst, ist alles vorbereitet. Begleitet werden wir von einer Metal-Band aus Detroit, die auf meinen Wunsch hin heute Abend die Gruppe *Slipknot* doubelt. Sie spielen ihren Titel *Nero Forte*.«

Catherine flüsterte Marie mehrere Minuten lang etwas ins Ohr. Dann überreichte sie ihr einen Umschlag und küsste sie auf den Mund. Nun ging sie zum Kreuz. Einer der Uniformierten half ihr aus dem Mantel. Sie trug schwarze Dessous, stellte sich auf eine Stufe, die sich an dem Kreuz befand, breitete die Arme aus, ließ sich von den Uniformierten festbinden und nickte der Band zu. Die Musiker erwachten aus ihrer Erstarrung und zuckten, als ob sie gerade einen epileptischen Anfall erlitten, während mit brachialer Kraft *Nero Forte* ertönte. Jetzt überreichte die Nonne Marie eine Armbrust. Marie stellte sich in einem

Meter Entfernung vor das Kreuz und schoss zehn Pfeile auf Catherine ab. Dann wartete Marie, betrachtete Catherine und beobachtete, wie sie langsam verblutete. Marie verbeugte sich einmal, verharrte kurz, schaute wieder hoch auf den toten Körper und gab der Nonne ein Zeichen. Die Band spielte weiter. Die Nonne nahm eine Axt, trennte mit einem Schlag den Prothesenfuß von Catherine ab und überreichte ihn Marie. Dann holte die Nonne ein Maschinengewehr aus der Limousine, erschoss die Band und die beiden Uniformierten, warf alle zusammen mit Catherine in eine Grube, schüttete sie zu und fuhr Marie zurück zur Kreuzung.

Später in der Nacht öffnete Marie den Umschlag und las den Brief. Darin berichtete Catherine von ihren Albträumen, der Hypnose, Lord Bunny und dem Schloss.

Liebe Marie,
nun hast Du alles erfahren. Jetzt kommt der schwierigste Teil. Ich habe Dich aus zwei Gründen ausgewählt: zum einen, weil Lady Tormentum dich empfohlen hat. Zum anderen kenne ich Deine Vorgeschichte mit Lucien und ich bin mir sicher, dass Du prädestiniert bist für den nächsten Schritt.

Du sollst ins Schloss von Lord Bunny gehen und ihn töten. Es ist überhaupt kein Problem hineinzugelangen. Als ich über meine Informanten erfahren habe, wie einfach es ist, habe ich es erst nicht glauben wollen. Man ruft einfach Lord Bunny direkt an und sagt zu ihm: »Mr. Phantasma liebt den Regen.« Daraufhin erhält man eine Audienz bei ihm. Problematisch sind allerdings seine Leibwächter. Sie durchsuchen einen und einige von ihnen sind bei dem Gespräch dabei. Andere halten sich draußen auf dem Gelände beziehungsweise im Park auf. Du würdest also unbewaffnet vor Lord Bunny sitzen. Ich kenne nur einen Menschen, der in der Lage wäre, die zehn Männer auszuschalten: Saturn.

Marie musste den Brief kurz aus der Hand legen. Sie zitterte leicht. Erst nachdem sie ein Glas Wein getrunken und eine Zigarette geraucht hatte, konnte sie weitermachen.

Ja, Du hast richtig gelesen. Ich kenne Saturn, aus einem anderen Leben und anderen Zusammenhängen. Takumi ist in Tokio untergetaucht. Saturn lebt weiterhin in Los Angeles. Es gibt nur eine Möglichkeit, ihn zu kontaktieren. Du nimmst meine Visitenkarte, die in dem Umschlag liegt, notierst Deinen Namen und Deine Telefonnummer darauf, packst die Karte in einen kleinen Briefumschlag, schreibst »Saturn« darauf und wirfst das Ganze in den Briefkasten einer alten Dame in der Detmore Street Nr. 9. Saturn wird Dich kontaktieren. Ihr werdet Euch treffen und alles klären und planen. Ich habe ihn bereits informiert. Er ist bereit, wird aber wohl nicht mit Dir reden. Und wir wissen natürlich nicht, ob Du mitmachen würdest. Ich wünsche Dir und Saturn alles Gute und hoffe, dass Ihr überleben werdet.
Deine Dir ergebene Catherine

Marie legte den Brief zur Seite und musste weinen. Sie wusste nicht einmal, warum. Nach einer Minute hörte sie auf und wischte sich die Tränen aus dem Gesicht. Merkwürdigerweise hatte sie überhaupt keine Angst: weder davor, Saturn zu treffen, noch davor, in Lord Bunnys Schloss zu gehen und ihn zu töten. Wie sie das anstellen sollte, wusste sie allerdings nicht. Sicherlich hatten Saturn und Catherine alles bereits genau durchdacht.

Am nächsten Tag suchte Marie die Detmore Street auf, steuerte auf ein verfallenes Haus zu, steckte den Briefumschlag in den Briefkasten und ging wieder zurück zum Wagen. Im Ferrari blieb sie noch eine Weile sitzen und beobachtete das Haus. Sie ahnte, dass sie von jemandem observiert wurde.

Nach einer Stunde fuhr sie davon.

28. Kapitel

Eine Woche verging. Dann erhielt Marie eine SMS:

»Wir treffen uns an der Kreuzung, dort, wo du dich immer mit der Nonne triffst, Dienstag um 22 Uhr.«

Es war also soweit. Sie sollte Saturn kennenlernen. Aber woher wusste Saturn von der Kreuzung? Kannte er die Nonne? War er möglicherweise die Nonne? Marie wunderte sich. Gleichzeitig hatte sie es mittlerweile aufgegeben, über etwas nicht Erwartetes in Erstaunen zu geraten.

Am Dienstag stand sie an der Kreuzung und wartete. Ein schwarzer Truck näherte sich ganz langsam, hielt neben ihr, Saturn stieg aus und kam auf sie zu. Einmal kurz musste Marie die Luft anhalten, weil vor ihr diese martialische Erscheinung stand: ein Riese mit einer dunklen Kapuzenjacke, der die Kapuze nicht herunterstreifte. Marie erkannte nur ein Drittel des Gesichts, das offenbar komplett tätowiert war. Zumindest wusste sie nun, dass Saturn nicht die Nonne sein konnte. Denn er war viel größer, breiter und kräftiger. Dabei war schon die Nonne aufgrund ihres massigen und durchtrainierten Erscheinungsbildes beeindruckend. Saturn jedoch spielte noch in einer ganz anderen Liga.

»Saturn, es freut mich, dich kennenzulernen.«

Er nickte.

»Catherine hat mir gesagt, dass du wahrscheinlich nicht reden wirst.«

Er nickte erneut.

»Okay, wie wollen wir über das weitere Vorgehen kommunizieren?«

Saturn ging zur Rückbank des Trucks, drückte mehrere Knöpfe, die nicht zu erkennen waren, und die Bank klappte ganz langsam nach oben. Zum Vorschein kam ein großes Versteck, einem imposanten Sarg gleich, auf den Saturn zeigte. »Du willst dich darin verstecken und ich soll mit dem Truck zum Schloss fahren?«, fragte Marie. Er nickte. »Ich werde dann alleine in das Schloss gehen, mit Lord Bunny sprechen, während du aussteigst und dich um die Sothen kümmerst?« Saturn stimmte auch dem zu. »Gut, dann werde ich Lord Bunny kontaktieren.« Saturn stimmte auch dem zu. »Wenn ich weiß, wann ich Lord Bunny treffe, schicke ich dir eine SMS. Ich komme dann zu dieser Kreuzung und wir fahren zusammen zum Schloss.«

Saturn nickte, ging zu seinem Truck und fuhr davon.

Am nächsten Abend rief sie Lord Bunny an.

»Lord Bunny«, sagte er.

Marie erschrak kurz. Die Stimme hatte etwas hochgradig Künstliches an sich, als ob jemand in einer Maschine saß, die die Stimme in ein metallisches Krächzen übersetzte. Es war ein schepperndes und zugleich dunkles Timbre von einem Wesen, das nicht von dieser Welt war.

»Lord Bunny, mein Name ist Marie.«

»Marie, Sie wünschen?«

»Mr. Phantasma liebt den Regen.«

»Ah, eine Genießerin, die den Regen anbetet.«

»Ja, Lord Bunny.«

»Nun, besuchen Sie mich morgen Abend um einundzwanzig Uhr.«

»Sehr wohl, ich werde da sein.«

Er legte auf. Es war für ihn ganz normal, dass sie seine Adresse kannte. Wer oder was auch immer Mr. Phantasma war – er oder es war wie ein Schlüssel. Sie schickte Saturn eine SMS.

Kurz darauf klingelte ihr Handy. Es war Kelly. Einerseits freute sich Marie und gleichzeitig hörte sie am Klang ihrer Stimme, dass etwas nicht stimmte. Und so war es auch: Kelly erklärte ihr, dass sie noch etwas länger in Wyoming bleiben würde. Sie habe dort eine Frau kennengelernt und sich in sie verliebt. Dann wünschte sie Marie alles Gute und beendete das Gespräch.

Es dauerte eine Weile, bis Marie bewusst wurde, dass Kelly die Beziehung zu ihr gerade einfach beendet hatte, was Marie entsetzte und dann wiederum auch nicht, da sie mit so etwas schon gerechnet hatte. So war Kelly eben: wie ein Vulkan, der einen in sein Innerstes zog, mit seiner Lava umhüllte, erhitzte, faszinierte, in Feuer und Flamme verwandelte und dann plötzlich während einer Eruption wieder aus seinem Sein herausschleuderte. Schlagartig war man nicht mehr Teil des Kelly-Universums, als ob alles nur eine Einbildung gewesen war. Es war einem erlaubt, für eine gewisse Zeit an ihrer Seite zu verweilen, bis sich alles in Luft auflöste, man sich nur an jene bezaubernde Frau zurückerinnern konnte, die einen beglückt und einem einen kurzen Zugang in die Kelly-Welt gewährt hatte.

Marie zündete sich eine Zigarette an. Erstaunlicherweise beruhigte sie sich sehr schnell wieder. Vielleicht war einfach zu viel Zeit vergangen. Vielleicht war Marie auch mittlerweile in andere Welten eingetaucht und hatte zwischen sich und Kelly eine Distanz aufgebaut. Jetzt musste sie lächeln, als sie an Kelly dachte. Sie strahlte sogar kurz. Immerhin hatte der Vulkan sie eine Weile begleitet, ihr Wärme gespendet und ihr Leben bereichert. *Adios,* liebe Kelly, dachte Marie.

29. Kapitel

Marie wartete bereits an der Kreuzung, als sie aus der Ferne das Brummen des Trucks vernahm, der sich langsam näherte. Saturn stoppte, Marie stieg ein und sie fuhren los.

Sie waren ungefähr eine Stunde unterwegs, als Saturn anhielt. Er drückte wieder die verborgenen Knöpfe, der Rücksitz klappte langsam hoch, Saturn legte sich mit einem Rucksack hinein und der Sitz ging wieder in seine Ausgangsposition zurück. Nun setzte sich Marie ans Steuer und es ging weiter.

Nach einer halben Stunde erblickte sie das Anwesen oder zumindest das, was von draußen zu erkennen war: Hecken und ein gigantisches weißes Tor, das sehr fein verarbeitet war. Überall waren florale Ornamente zu erkennen. Sie bremste, drückte auf einen Knopf und jemand fragte nach ihrem Anliegen. Sie nannte ihren Namen und erklärte, dass sie einen Termin bei Lord Bunny habe. Das Tor öffnete sich. Marie fuhr ein paar Meter aufs Grundstück und hielt an, da vor ihr einer der Sothen stand. Er trug einen schwarzen Anzug und ein Maschinengewehr. Ein anderer Sothe, ebenfalls im schwarzen Anzug, öffnete die Tür und bat sie höflich auszusteigen. Er filzte Marie, während ein dritter Sothe den Wagen untersuchte. Sie nickten sich gegenseitig zu.

Marie setzte sich wieder in den Truck. Einer der Sothen fuhr mit einem Jeep vor. Er rollte wie in Zeitlupe über eine Straße, die sich durch einen gigantischen Park schlängelte, der an englische Gärten erinnerte: uralte Bäume, Hecken, Büsche, Blumenbeete und beeindruckende Skulpturen von Jeff Koons, Damien Hirst, Takashi Murakami, Henry Moore und Louise Bourgeois.

Nach ungefähr zehn Minuten erblickte Marie das Schloss, das sich wie aus dem Nichts plötzlich vor ihr erhob. Es sah aus wie im Märchen. So etwas kannte sie nur aus Filmen oder Dokumentationen. Vor dem Eingang standen vier schwerbewaffnete Sothen. Einer von ihnen, er trug eine Augenklappe, kam die Treppe hinunter, öffnete die Tür des Trucks und Marie stieg aus. Er verbeugte sich kurz und schaute zu dem anderen herüber, der wieder mit dem Jeep davonfuhr. Der Sothe mit der Augenklappe führte sie nun zum Eingang und klopfte. Ein Butler machte auf, lächelte Marie kurz an und wies in Richtung Eingangshalle, die Marie betrat. Die Sothen blieben draußen. Der Butler führte Marie an einigen Räumen vorbei, bog mehrfach ab und zeigte schließlich in Richtung eines Saals, an dessen Ende sich eine Gruppe von Männern aufhielt. Der Diener begleitete sie zu der Gruppe. Vor einem Kamin, der die Größe eines Autos aufwies, saß Lord Bunny auf einem goldenen Thron. Rechts und links vom Kamin stand jeweils ein Sothe. Neben Lord Bunny saß Johnny Nevada auf einem roten Sessel. Gegenüber von Lord Bunny war ein freier Sessel, auf den er zeigte. Marie setzte sich. Lord Bunny trug eine schwarze Uniform, Stiefel und eine Schirmmütze. Johnny Nevada fixierte Marie regungslos.

»Lord Bunny, es ist mir eine Ehre, Sie kennenlernen zu dürfen.«

»Sehr freundlich von Ihnen, Marie, jaja.«

»Danke, dass Sie mich empfangen.«

»Jaja, sehr gern.«

Er starrte Marie an. Sie hatte noch nie in ihrem Leben in solche furchteinflößenden Augen geblickt und musste kurz schlucken.

»Sie lieben also den Regen?«, fragte Lord Bunny.

»Ich liebe den Regen«, antwortete Marie.

»So wie Mr. Phantasma?«

»Ja, das stimmt.«

»Was würden Sie tun, um den Regen zu bekommen?«

»Alles, Lord Bunny.«

»Ah, alles. Hast du das gehört, Johnny?«

»Ja, Bunny, ich habe es gehört«, sagte Johnny. Er verzog noch immer keine Miene.

»Alles, ja, alles, das finde ich gut. Ohne alles ist das Leben nichts«, philosophierte Lord Bunny.

Dann ging alles sehr schnell. Denn Saturn tauchte plötzlich auf. Die zwei Sothen stürzten sich auf ihn. Doch er brach ihnen das Genick und warf sie in den Kamin. Johnny Nevada zog ein riesiges Messer und ging auf Saturn los. Der aber zerschmetterte ihm mit einem Schlag den Schädel, während Lord Bunny alles fassungslos beobachtete. Nun stellte sich Saturn neben ihn und legte die Hand auf seine Schulter. Er rührte sich nicht und blickte Marie an.

»Sie haben Johnny getötet«, stellte Lord Bunny fest

»Das haben Sie gut beobachtet.«

»Sie haben keine Chance, die anderen werden gleich da sein.«

»Sie sind alle tot«, erklärte Marie nüchtern.

»Wer sind Sie?«, fragte Lord Bunny.

Aus seinem Rucksack zog Saturn eine Art Hutschachtel heraus und überreichte sie Marie. Darin lag Catherines Prothesenfuß. Marie stellte ihn auf den Tisch.

»Ein Prothesenfuß? Was soll das?«

»Er gehörte Catherine.«

»Catherine! Die kleine Catherine!«

»Für Lord Bunny, schöne Grüße aus der Hölle.«

Saturn übergab Marie eine längliche Schachtel und legte seinen Arm um Lord Bunnys Hals, der nun kaum noch Luft bekam. Marie legte sie neben den Prothesenfuß und öffnete die Schatulle. Darin lag ein Wakizashi, ein japanisches Schwert mit einer dreißig Zentimeter langen Kurzklinge. Marie nahm es und rammte es Lord Bunny ins Herz.

Während er verblutete, betrachtete sie ihn. Saturn ließ

ihn los und kniete sich vor Marie nieder. Dann hörten sie aus der Ferne Polizeisirenen, die immer lauter wurden. »Saturn, hast du den Keller nach Kindern abgesucht?« Saturn nickte. »Gut. Saturn, du musst weg. Ich bleibe hier. Ich bin müde. Ich will nicht mehr.« Saturn schüttelte den Kopf. »Nein, Saturn, es ist alles gut.«

Saturn verschwand. Marie setzte sich in den Sessel und betrachtete Lord Bunny.

30. Kapitel

Tagelang wurde Marie von Polizei und FBI verhört. Natürlich glaubte ihr niemand, dass sie Lord Bunny, den Butler und die zehn Sothen alleine ausgeschaltet hatte. Sie blieb dennoch bei der Version. Dann gab es noch die Vorgeschichte mit Lucien, außerdem hatte vor ein paar Wochen ein Bauarbeiter beobachtet, wie nachts eine junge Frau auf dem Hochhausdach einen Mann in Brand gesetzt hatte. Die Beschreibung passte auf Marie. Doch sie gab diesen Mord nicht zu und erklärte, einen Henry Francis van Dalconi nicht zu kennen. Alles Weitere verschwieg sie ebenfalls: Susan, Saturn, Lady Tormentum, Dr. Zoom, Catherine, die Nonne.

Nach mehreren Sitzungen entschied ein FBI-Psychiater, dass Marie nicht ins Gefängnis gehörte. Das Gericht folgte seiner Einschätzung und wies sie auf eine unbestimmte Zeit in eine forensische Psychiatrie ein.

So kam Marie mit fünfunddreißig Jahren in die Winslow Forensic Clinic, eine der renommiertesten forensischen Kliniken in Kalifornien. Sie erhielt ein eigenes Zimmer, das allerdings nicht sehr groß war. Auf der Station wurden zwanzig Patientinnen behandelt, die zwischen achtzehn und fünfzig Jahren alt waren. Das große Altersspektrum gehörte zum Konzept des Chefarztes, Professor Andrews. Gegenüber befand sich die Männerstation. Beide Stationen waren miteinander verbunden. Sie führten jeweils zu einem großen kreisförmigen Aufenthaltsraum. Die Patientinnen konnten jedoch vom Aufenthaltsraum aus nicht auf die Männerstation. Umgekehrt war es ebenfalls nicht möglich, da alles streng bewacht wurde. Doch im Prinzip war es eine einzige riesige und lange Station mit vierzig Patientinnen und Patienten, deren längliche Struktur in der Mitte durch einen runden Raum aufgebrochen wurde. Eine Stunde am Tag hatten die Patientinnen Hofgang. Auch sonst war die Woche durchstrukturiert mit Einzel- und Gruppengesprächen, Ergo- und Maltherapie oder Antiaggressionstraining. Frühstück, Mittagessen und Abendessen wurden gemeinsam auf der Station eingenommen. Es waren klar geregelte Abläufe von Montag bis Freitag. An den Wochenenden fanden keine Aktivitäten statt. Die Patientinnen und Patienten hielten sich in ihren Zimmern oder in den Aufenthaltsräumen auf. Dann hatten die Angehörigen nach Voranmeldung auch die Möglichkeit vorbeizukommen.

Für Marie war alles so in Ordnung. Sie vermisste nichts. Schnell hatte sie sich mit der Situation arrangiert und an die neue Umgebung gewöhnt. Immer wenn ihre Eltern sie besuchten, hatten sie Tränen in den Augen. Marie versuchte, beide zu beruhigen und zu trösten.

Es gab eine offizielle Betreuerin, die das Penthouse kündigte und alles verkaufte oder verschenkte. Marie war das recht. Mit Alice, ihrer Betreuerin, kam sie gut klar. Alice machte diesen Job nun schon seit über dreißig Jahren, ein Profi. Auch besuchten sie ab und zu ihre Schwestern Claire und India und einmal im Monat kam Edward vorbei.

Zwei Jahre waren inzwischen vergangen. Marie kannte mittlerweile alle Gesichter. Auch die Namen der meisten Patientinnen und Patienten wusste sie. Vor sechs Monaten war ein neuer dazugekommen. Er saß im Aufenthaltsraum immer im selben Sessel und las in einer Biografie über den Schauspieler Keanu Reeves. Er musste ungefähr Mitte zwanzig sein, hatte lange blonde Haare, trug einen Vollbart und war muskulös: ein typischer kalifornischer Surfer-Typ, der Ähnlichkeiten mit Brad Pitt aufwies. Sie musste ihn immer wieder betrachten, da er Marie wegen seines guten Aussehens und seiner Art, in der er in seiner eigenen Welt versunken war, ein bisschen an Lucien erinnerte.

An einem Samstag hockte Marie auf einer Couch im Aufenthaltsraum. Neben ihr befand sich Amy. Amy wies eine extreme Tendenz zu selbstverletzendem Verhalten auf. Deshalb lief sie die meiste Zeit mit aufklappbaren Gipsarmen und einem Helm herum. Beim Hofgang wurden ihr die Sachen abgenommen und sie durfte nur in Begleitung spazieren gehen. Nachts musste sie ebenfalls mit den Gipsarmen und dem Helm schlafen. Auch während der Gruppentherapien lief sie damit herum. Essen war ihr allein nicht möglich. Sie wurde gefüttert. Ihre Bezugstherapeutin war Cathy, die Amy manchmal die Möse leckte. Natürlich durfte niemand davon erfahren. Den beiden gefiel es jedoch. Amy hatte den Dekan ihrer Uni mehrfach mit dem Auto überfahren, weil sie vermutet hatte, dass er einen kleinen Schwanz hatte. Anschließend war sie ins Büro gerannt und hatte seine Sekretärin mit einem Feuerlöscher erschlagen. Denn Amy hatte schon lange das Gefühl gehabt, dass sich der Dekan und seine Sekretärin gegen sie verschworen hatten, was ihren Hang zur Selbstverletzung noch weiter verstärkte.

»Dieser Brad-Pitt-Typ ist völlig gestört«, fand Amy.

»Warum?«, fragte Marie.

»Er heißt Gregory. Aber er glaubt, dass er Ähnlichkeiten hat mit Keanu Reeves«, erklärte Amy.

»Er glaubt, dass er aussieht wie Keanu, aber er hält sich nicht für Keanu Reeves?«

»Genau.«

»Schräg!«

»Echt schräg! Die Typen auf der Männerstation sind alle total geistesgestört.«

»Sagt die Frau mit den beiden Gipsarmen und dem Helm auf dem Kopf«, bemerkte Marie.

»Du kannst mich doch nicht mit den Blödmännern vergleichen, die hier herumlaufen!«

»Tja, Amy. Wer weiß, was dieser Gregory für Probleme hat?«

»Ein Typ, der eindeutig aussieht wie Brad Pitt mit dem Namen Gregory, jedoch überzeugt davon ist, dass er aussieht wie Keanu Reeves? Was der wohl für Probleme hat? Der ist total bescheuert: das ist sein Problem.«

»Weißt du eigentlich, was er gemacht hat?«, wollte Marie wissen.

»Bestimmt irgendetwas Perverses.«

»Etwas Perverses?«

»Der hat bestimmt vor Keanu onaniert oder irgendwas in der Art.«

»Ja, vielleicht.«

»Obwohl er ja schon lecker aussieht. Er hat bestimmt einen riesigen Schwanz. Wenn man ihn Keanu nennt, wird er einen bestimmt schön ficken.«

»Amy, was du immer mit deinen großen Schwänzen hast. Außerdem leckt dir doch Cathy schon die Möse.«

»Marie! Woher weißt du das?«, schrie Amy entsetzt.

»Das hast du mir doch schon tausendmal erzählt, in allen Einzelheiten, ob ich es hören wollte oder nicht.«

»Ach ja, stimmt«, sagte Amy erleichtert.

»Ich glaube, die Psychopharmaka haben dein Gehirn aufgeweicht«, vermutete Marie.

»Kann sein, aber überleg dir das nochmal mit Keanu. Du hast auch schon lange keinen Fick mehr gehabt. So ein großer Schwanz würde dir bestimmt richtig guttun«, sagte sie, erhob sich und ging an einem Krankenpfleger vorbei, der den Zugang zur Frauenstation bewachte, zurück auf ihr Zimmer. Marie zündete sich eine Zigarette an. Als sie aufgeraucht hatte, stand sie auf und ging langsam auf Gregory zu.

»Hallo, Keanu«, begrüßte sie ihn.

Gregory erhob seinen Kopf und blickte Marie völlig überrascht an.

»Hallo, ich bin nicht Keanu. Ich bin Gregory. Aber du hast schon recht. Ich könnte der Doppelgänger von Keanu Reeves sein«, erwiderte Gregory total begeistert.

»Ja, das stimmt, Gregory. Ich bin Marie.«

»Marie, sehr erfreut.«

»Gregory, du liest die Biografie von Keanu Reeves?«

»Ja, diese Biografie habe ich schon mindestens hundert Mal gelesen. Sie ist sicherlich die beste, die je geschrieben worden ist.«

»Hundert Mal, nicht schlecht.«

»Ich mag Keanu. Er ist der coolste Typ der Welt. Er hat auch viel durchgemacht.«

»Ach ja, inwiefern?«

»Na ja, der Vater hat die Familie verlassen, als Reeves drei Jahre alt gewesen ist. Das letzte Mal hat er seinen Vater mit dreizehn gesehen. Die Mutter heiratete danach noch mehrmals und ließ sich immer wieder scheiden. Seine Schwester kämpft seit Jahren gegen Leukämie. Keanes Freundin hatte im achten Monat eine Totgeburt. Der Schmerz über den Verlust hat dafür gesorgt, dass sich das Paar getrennt hat. Anderthalb Jahre später ist sie bei einem schweren Autounfall gestorben. Seit 2010 kursieren Fotos von Reeves, in denen er alleine irgendwo sitzt, zu Boden blickt und depressiv erscheint. Daraus ist das Internet-Meme *Sad Keanu* entstanden. Reeves ist ein Einzelgänger, der tagelang mit seiner Harley in der Gegend herumfährt. Außerdem beherrscht er mehrere Kampfsportarten, darunter Kung-Fu.«

»Das wusste ich alles nicht«, erklärte Marie.

»Tja, viele wissen sehr wenig über Keanu. Vielen Dank für die Unterhaltung. Ich muss jetzt zum Mittagessen. Vielleicht treffen wir uns morgen um zehn wieder hier und führen unsere Unterhaltung fort?«

»Sehr gern, Gregory.«

»Marie, bis morgen.«

Gregory erhob sich, zwinkerte Marie zu und verschwand in Richtung Männerstation. Marie fand ihn charmant und musste schmunzeln. Er sah verdammt gut aus, dachte sie bei sich. Na ja, wie der junge Brad Pitt eben, aber das musste sie ihm ja nicht erzählen.

In der nächsten Nacht lag sie im Bett und musste an Gregory denken. Sie war etwas aufgeregt. Am nächsten Vormittag suchte sie den Aufenthaltsraum auf und sah Gregory in seinem Sessel sitzen. Als sie auf ihn zuging, erhob er sich und lächelte sie an.

»Marie, ich freue mich, dich zu sehen.«

»Gregory, ganz meinerseits.«

Sie setzten sich beide wieder, Gregory in seinen Sessel, Marie nahm in einem anderen ihm gegenüber Platz.

»Marie, wie lange bist du schon hier?«

»Seit zwei Jahren«

»Gregory, darf ich dich etwas fragen?«

»Alles.«

»Warum bist du hier?«

Gregory zögerte etwas. Dann erzählte er seine Geschichte.

Gregory

Gregory war im vierten Semester an der UCLA und studierte Medizin. Er lebte zusammen mit Eltern und Großeltern in einem Haus am Venice Beach. Wenn er nicht gerade in der Uni war oder bei seinem Kumpel Freddy abhing, saß er am Strand, surfte oder kiffte sich das Hirn weg. Das Kiffen war eine seiner Lieblingsbeschäftigungen. Er tat es unter anderem auch deshalb, weil er seinem Idol Keanu Reeves dadurch näher sein konnte und das Gefühl der Gleichartigkeit mit Keanu Reeves verstärkt wurde. Er hatte schon mehrere Anzeigen wegen Körperverletzung bekommen, da er Menschen, die ihn auf seine Ähnlichkeit mit Brad Pitt angesprochen hatten, ohne zu zögern attackierte oder ins Gesicht geschlagen hatte. Einem freundlichen Eisverkäufer, der ihm dieses Kompliment gemacht hatte, versuchte Gregory, Eiskugeln in den Mund zu stopfen, bis mehrere Passanten ihn überwältigen konnten.

Gregorys Vater war Polizist und konnte seine Beziehungen spielen lassen, sodass Gregory lange vor Anzeigen geschützt war. Jetzt änderte sich alles.

Mit fünfzehn hatte er eine Obsession für den Schauspieler entwickelt. Gregory hatte nie großes Interesse an Keanu Reeves gehabt, was sich jedoch änderte, als er mit Freddy abhing und sie sich den Film *Gefährliche Brandung* anschauten. In dem Film ging es um eine Gruppe von Surfern, die ihren Lebensstil mit Überfällen finanzierten. Reeves spielte einen FBI-Agenten, der undercover in der Szene ermittelte. Innerhalb weniger Monate identifizierte sich Gregory immer mehr mit Reeves, bis er davon überzeugt war, so wie der Schauspieler auszusehen. Gregory kaufte sich alle Filme von Keanu Reeves. Zu einer sonderbaren Transformation führte dann *Matrix*. Durch den Film fühlte sich Gregory in dem bestätigt, was er schon immer verspürt hatte: dass nämlich unsere Realität einer Matrix gleicht, dass nichts so ist, wie es erscheint. Gregory stilisierte Reeves zu einer Art Messias, einem Heilsbringer, der sich nur deshalb für die Hauptrolle in dem Film entschieden habe, weil er mehr gewusst habe als alle anderen. Das habe er in dem Film als Botschaft auch rüberbringen wollen. Wenn Gregory Monologe wie diese über Keanu hielt, verdrehten seine Eltern und Großeltern am Esstisch die Augen. Und mit Tom, einem Nachbarn und guten Freund des Großvaters, der die Familie regelmäßig besuchte, entwickelte sich aufgrund dessen immer öfter ein lauter Disput, der für alle sehr unangenehm war.

»Ich weiß nicht, was das alles soll mit diesem Keanu!«, sagte Tom.

»Wie meinst du das?«, fragte Gregory.

»Das ist doch kein Schauspieler. Ihn und seine Filme kann man nicht ernst nehmen.«

»Nicht ernst nehmen?«

»Western, das sind richtige Filme. John Wayne, ein toller Schauspieler!«

»John Wayne war eine Witzfigur und ein Faschist«, schrie Gregory.

»Wenn jemand eine Witzfigur ist, dann dieser Keanu!«

»Keanu, eine Witzfigur?«, schrie Gregory noch lauter.

»Tom hat doch recht. Wir verstehen auch alle nicht, was das alles mit diesem Keanu soll«, ging sein Vater dazwischen.

Gregory lief in der Nacht stundenlang in seinem Zimmer auf und ab. Was ihn am meisten enttäuschte, war, dass seine Eltern und Großeltern auf Toms Seite waren.

Freddy erklärte Gregory, dass er nachsichtig sein müsse. Es sei eben eine andere Generation. Sie waren nun einmal nicht in der Lage, Keanus Genie zu würdigen. Nach einem längeren Gespräch mit Freddy sah Gregory das auch ein und wollte endlich seine Ruhe haben. Also schlug er allen vor, einen gemeinsamen Abend zu verbringen und Frieden zu schließen. Seine Eltern und Großeltern freuten sich sehr darüber. Tom kam ebenfalls vorbei. Gregorys Mutter grillte Hühnchen und kochte Kartoffeln. Alle saßen gemeinsam am Tisch, lachten und prosteten sich mit Rotwein zu. Gregory stand auf, erhob sein Glas und entschuldigte sich bei seinen Eltern, Großeltern und Tom.

Ein paar Stunden später wachten die Eltern auf und hatten einen schweren Kopf, der aus ihrer Sicht wohl auch dazu führte, dass ihnen Sprechen kaum möglich war. So erging es auch den Großeltern und Tom. Denn Gregory hatte allen Rohypnol in den Rotwein gemischt. Anschließend hatte er sie alle bis zum Hals senkrecht in den Garten eingegraben, ihnen die Stimmbänder durchtrennt und einen Bildschirm aufgestellt, auf dem sie sich alle *Matrix* anschauen mussten. Als der Film zu Ende war, nahm Gregory eine Schaufel und schlug so lange auf ihre Schädel ein, bis alles nur noch wie Tomatenmark aussah. Dann rief er die Polizei.

Marie blickte Gregory an und überlegte, ob er die Geschichte erfunden hatte. Er schaute ihr jedoch sehr ernst ins Gesicht, was ihr verdeutlichte, dass sich alles wirklich so zugetragen haben musste.

»Bereust du, was du getan hast?«, fragte Marie.

»Nein.«

»Okay.«

»Heute Abend hat Cathy Nachtdienst auf der Frauenstation und Tim auf der Männerstation. Sie sind die einzigen, die bestechlich sind. Dass beide gleichzeitig Nachtdienst haben, kommt vielleicht dreimal im Monat vor«, sagte Gregory.

»Was möchtest du mir damit sagen?«, fragte Marie.

»Du könntest mich heute Nacht in meinem Zimmer besuchen. Dann ficken wir.«

»Du bist ziemlich direkt.«

»Hast du ein Problem damit?«

»Nein. Wie alt bist du eigentlich?«

»Vierundzwanzig.«

»Ja, so alt hatte ich dich ungefähr geschätzt.«

»Dann bis heute Nacht«, sagte Gregory, erhob sich und zwinkerte ihr kurz zu.

In der Nacht schloss Cathy Maries Zimmertür auf. Beide gingen bis zum Ende der Station und weiter in den großen Aufenthaltsraum. Tim stand bereit, öffnete die Tür zur Männerstation, zog Marie eine Decke über den Kopf, führte sie zu Gregorys Zimmer und verschwand wieder.

Sie zogen sich aus, streichelten und umarmten sich und küssten sich minutenlang. Marie legte sich dann auf das Bett, spreizte die Beine und betrachtete Gregory. Er leckte so lange ihre Möse, bis sie kam. Dann legte er sich neben sie und sie küssten sich wieder für eine längere Zeit. Gregory setzte sich auf die Bettkante. Marie nahm seinen Schwanz in die Hand, der tatsächlich sehr groß war, massierte und blies ihn. Sein Schwanz und vor allem seine Eichel wurden immer härter und nahmen eine regelrecht monströse Form an. Marie war so feucht wie schon lange nicht mehr. Sie setzte sich auf seinen Schwanz und bekam kurz keine Luft. Langsam vollführte sie kreisende Bewegungen mit ihrem Becken und ritt ihn, während sich ihre Oberkörper immer wieder berührten und sie sich ins Gesicht schauten. Gregory spreizte ihren Po auseinander. Sie steckte ihre Zunge in seinen Mund und zog an seinen Haaren. Beide hatten einen sehr starken und intensiven Orgasmus. Sie umklammerten sich noch eine Weile.

Zweimal im Monat trafen sie sich nun in Gregorys Zimmer.

31. Kapitel

Seitdem Marie mit Gregory schlief, hatte sie oft Albträume. Es war stets derselbe Traum. Sie befand sich in Lord Bunnys Schloss. Lucien verfolgte sie durch lange Gänge. Alle Korridore waren geschmückt mit Pflanzen. Immer weiter rannte sie und kam in einen großen Saal. Vor einem riesigen Kamin saßen Kelly, Lady Tormentum und Henry, um sie herum lagen Kinderfüße. Marie drehte sich panisch um und sah, wie Lucien mit einem Eispickel auf sie zukam. In einer Ecke standen zwei Personen, die aussahen wie ihre leiblichen Eltern. In diesem Moment wachte sie schweißgebadet auf.

Sie musste mit Professor Andrews darüber sprechen.

Natürlich konnte sie ihm nicht erzählen, dass sie mit Gregory schlief. Von der Existenz Saturns wusste er auch nichts. Niemandem gegenüber hatte Marie Saturn erwähnt. Auch hatte sie nie ein Wort über Susan, Lady Tormentum, Takumi, Dr. Zoom, Catherine, Henry und die Nonne verloren. So sollte es auch bleiben. Die einzige Person, der sie sich anvertraut hatte, war damals Edward in seiner Küche. Marie wusste, dass sie sich seiner Verschwiegenheit sicher sein konnte.

Einmal in der Woche hatte Marie ein Einzelgespräch bei Andrews. Er war Anfang sechzig, immer gut frisiert und trug sehr edle Krawatten. Sie mochte ihn. In seinem Arbeitszimmer herrschte jedes Mal ein unglaubliches Chaos, was sie amüsierte, da er, seit sie ihn kannte, versuchte, Ordnung hineinzubringen, was ihm jedoch einfach nicht gelang. Das Chaos stand im völligen Kontrast zu seinem äußeren Erscheinungsbild und der Ruhe, die er ausstrahlte.

»Marie, Sie schauen so nachdenklich!«

»Ich habe seit einiger Zeit Albträume.«

»Worum geht es in den Albträumen?«

»Ich werde von Lucien verfolgt. Vor einem Kamin sitzen Menschen, die ich nicht kenne. Überall liegen Kinderfüße. Ich erblicke zwei Personen, die meine leiblichen Eltern sein könnten.«

»Nun, Marie, Sie haben viel durchgemacht. Der Tod ihrer leiblichen Eltern, die Tragödie mit Lucien – Sie waren jahrelang mit einem Serienmörder verheiratet.«

»Ja, ich weiß.«

»Und Sie selbst haben auch mehrere Menschen getötet, Lord Bunny und die Sothen, wobei ich mir immer noch nicht vorstellen kann, wie Sie das alleine angestellt haben wollen. Sie sind im Schloss eines extrem bösen, gefährlichen Mannes gewesen. All diese Dinge haben etwas mit Ihnen gemacht. Da ist es doch nicht verwunderlich, dass Sie hin und wieder Albträume haben.«

»Sie haben recht.«

»Marie, Sie waren eine der renommiertesten Botanikerinnen des Landes, haben ein Labor geleitet, eine neue Pflanze gezüchtet, waren auf Vorträgen in Europa. Nach dem Schock mit Lucien haben Sie sich zurückgezogen und alles aufgegeben.«

»Stimmt. Ich vermisse jedoch meinen Beruf nicht. Na ja, manchmal schon. Es sind aber immer nur kurze Momente. Es ist wie aus einem anderen Leben.«

»Okay. Und dennoch haben Sie den Beruf mit Leidenschaft ausgeübt.«

»Sicher, das war meine Welt. Es war jedoch eine andere Marie, die mit mir jetzt nichts mehr gemeinsam hat.«

»Marie, auch Ihre Beziehung zu Kelly hat etwas mit Ihnen gemacht. Kelly haben Sie geliebt. Doch sie hat die Beziehung zu Ihnen einfach beendet.«

»Ich war darauf vorbereitet. Kelly ist so ein Mensch: Feuer und Flamme und plötzlich ist alles wieder erloschen.«

»Ist es also nicht verständlich, dass Sie solche Dinge träumen?«

»Schon, ja. In den letzten zwei Jahren habe ich aber keine Albträume gehabt.«

»Es beunruhigt Sie?«

»Ja, es macht mir auch Angst.«

Sie unterhielten sich noch eine Weile. Marie fühlte sich schon etwas besser. Sollte sie aufhören, sich mit Gregory zu treffen? Sie mochte ihn und wollte auch auf den Sex nicht verzichten. Ihr war bewusst, dass durch den Sex mit ihm, durch die Verschmelzung ihrer Körper, durch das Zusammenfließen ihrer Seelen die eigentümliche Symbiose reaktiviert wurde, die sie mit Lucien gehabt hatte. Es war ihr unmöglich, sich von dem Gregory-Lucien-Konglomerat zu lösen. Gregory hatte nun einmal Ähnlichkeiten mit Lucien, auch wenn sie körperlich ganz anders gebaut waren. Gregory war sehr muskulös und sportlich, Lucien hatte immer wie ein ausgemergelter Junkie gewirkt. Beide hatten jedoch etwas unglaublich Sinnliches an sich.

Sechs Monate später saßen Marie und Amy zusammen auf der Couch im großen Aufenthaltsraum. Amy trug keinen Helm und auch keine Gipsarme mehr. Das selbstverletzende Verhalten war deutlich weniger geworden.

»Du und Gregory fickt immer noch miteinander«, stellte Amy in einem fast verschwörerischen Ton fest.

»Amy, du lässt dir von Cathy immer noch die Möse lecken.«

»Woher weißt du das?«, fragte Amy entsetzt.

»Oh, Amy. Das erzählst du mir ständig.«

»Richtig, hatte ich wieder vergessen. Gut, dass du auf meinen Rat gehört hast. Endlich hast du jemanden, der es dir so richtig besorgt. Ich wusste, dass dieser Gregory-Keanu-Brad-Typ einen riesigen Schwanz hat. Ich wusste es!«

»Amy, noch lauter, damit es auch wirklich alle hören!«

»Marie, tut mir leid. Ich nehme neue Medikamente und die machen mich etwas wirr im Kopf.«

»Ist schon in Ordnung.«

»Marie, willst du mir eigentlich nicht auch die Möse lecken?«

»Amy, verdammt, was ist los mit dir?«

»Na ja, war auch nur so eine Idee. Dann macht Cathy halt weiter. Es wäre eine Abwechslung für mich gewesen, und da wir gute Freundinnen sind, dachte ich, dass ich dich einfach mal frage«, erklärte Amy.

»Amy, das ist sehr schmeichelhaft, aber da musst du dir eine andere suchen.«

»Na gut. Immerhin haben wir darüber gesprochen und es geklärt. Marie, siehst du den Irren, der da in der einen Ecke sitzt?«

Marie hatte ihn schon vor ein paar Monaten registriert. Er war relativ neu: ein übergewichtiger junger Mann mit blondem Lockenkopf, der ein T-Shirt trug mit der Aufschrift *Graf Vlad*.

»Das ist Jerry. Er glaubt, dass er der Diener von Graf Dracula ist. Er wartet auf seine Auferstehung. Auf dem College hat er nachts kleinen Nagetieren aufgelauert, ihnen die Köpfe abgebissen und ihr Blut getrunken. Einen vom Sicherheitsdienst, der ihn dabei auf dem Gelände zur Rede gestellt hat, hat er angegriffen und in den Hals gebissen.«

»Was ist aus dem Mann vom Sicherheitsdienst geworden?«

»Tot. Verblutet.«

»Okay, nicht gut.«

»Außerdem hat dieser Jerry die Angewohnheit, ab und zu seinen Schwanz herauszuholen und anderen vors Gesicht zu halten.«

»Schräg!«

»Marie, dieser Jerry-Typ ist der totale Psycho«, erklärte Amy.

»Sagt die Frau, die ihren Dekan und seine Sekretärin getötet hat.«

»Marie, das kannst du nicht miteinander vergleichen. Ich ticke ganz anders.«

»Ja, Amy.«

»Auf jeden Fall bin ich gespannt, ob er seinen Schwanz hier herausholen wird. Ich könnte mir vorstellen, dass er ein mächtiges Mörderteil in der Hose hat. Nein, ich bin mir sicher, dass er eine krasse Rakete am Start hat, die alle in Erstaunen versetzen wird. Ein mächtiger, krasser, riesiger Mörder-Hammer-Schwanz. Ein überdimensionales Glied, das darauf wartet, freigelassen zu werden«, sagte Amy, wieder in verschwörerischem Ton.

»Meine Güte, Amy, vielleicht solltest du endlich mal mit deiner Therapeutin über deine Schwanzfixierung sprechen.«

»Wozu?«

»Weil du es ständig zum Thema machst.«

»Na gut, dann werde ich mit meiner Therapeutin irgendwann darüber sprechen, obwohl ich nicht weiß, wozu. Ich finde das normal. Machst du dir keine Gedanken über Schwänze?«

»Amy, das mach ich, aber nicht alle fünf Minuten.«

»Na gut, egal«, winkte Amy ab.

Gregory saß in seinem Lieblingssessel, schaute kurz zu Marie herüber und lächelte sie an. Sie erwiderte es und freute sich darüber, dass es Gregory gab. Dann erhob sich Jerry, ging auf Gregory zu, holte seinen Schwanz heraus, hielt ihn Gregory unters Kinn, nannte ihn Brad Pitt und forderte Gregory auf, ihm einen zu blasen. Bevor die Pfleger reagieren konnten, passierte es. Gregory erhob sich ganz langsam, schlug Jerry einmal mit der Faust ins Gesicht. Der kippte wie in Zeitlupe nach hinten und blieb regungslos liegen.

Jerry lag eine Woche mit einer Gehirnerschütterung auf der Krankenstation. Gregory musste zwei Wochen in seinem Zimmer bleiben.

32. Kapitel

Ein Jahr später wurde ein neuer Patient aufgenommen. Als Marie ihn zum ersten Mal im Aufenthaltsraum erblickte, verspürte sie Unbehagen. Es war ihr nicht möglich, konkret in Worte zu fassen, warum das so war. Und was das Ganze noch verstärken sollte, war eine Zeichnung, die der Neue angefertigt hatte. Als sie sie sah, führte das Marie emotional an die Klippe eines Abgrunds.

Wenn Gregory und Marie miteinander schliefen, spürte Gregory, dass etwas anders war. Sie erzählte ihm von dem neuen Patienten und Gregory verstand. Er empfahl ihr, einen weiten Bogen um den Mann zu machen. Diese Äußerung trug nicht gerade zu ihrer Beruhigung bei. Auf ihre Frage, was seine Vorgeschichte sei, wich Gregory aus. Immerhin erklärte er ihr, dass er für ein paar Monate auf der Männerstation zwischengeparkt werde, da es auf der Station, die für ihn vorgesehen war, noch kein freies Zimmer gab.

Im Aufenthaltsraum war eine große Wand, an die Patientinnen und Patienten Zeichnungen und andere Arbeiten hängen durften. Marie schaute sich immer sehr gerne die Werke an, da es dabei stets viel zu entdecken gab. Manche Zeichnungen oder auch Malereien mit Öl auf Leinwänden waren kleine Kunstwerke. Es gab viel Witziges und Schräges zu entdecken.

Nun stand Marie wie erstarrt vor einer der Zeichnungen. Ihre wurde schwindlig und ihr Kopf fühlte sich an wie in einem Schraubstock, der immer weiter ihren Schädel zusammenquetschte. Jemand hatte mit Bleistift etwas dargestellt, das bei Marie für Fassungslosigkeit sorgte. Zu sehen war ein Schloss. Davor saß ein älterer Mann, um dessen Hals eine Kette hing, bestehend aus Kinderfüßen. Es war Lord Bunnys Schloss. Auf der linken Bildhälfte standen überall Kreuze. Auf jedem Kreuz lagen Kinderköpfe, denen die Augen fehlten. Marie musste nach Luft ringen. Sie versuchte, sich zu beruhigen. Rechts unten entdeckte sie eine Signatur: Medusa.

Medusa war fünfunddreißig Jahre alt und von kräftiger Statur. Er hatte lange dunkle Haare und einen Vollbart. Eigentlich hieß er Jasper Stenson. Als Kind blickte er immer zu Boden, schaute Gleichaltrigen nicht in die Augen. Die Eltern, mit denen er in Detroit lebte, machten sich Sorgen um ihn. Sie suchten einen Psychologen auf, der ihnen Mut machte und erklärte, dass Medusa einfach nur schüchtern sei. Sie sollten sich keine Sorgen um den Sohn machen, das sei eine Phase. Tatsächlich nahm es im Laufe der Jahre ab. Die Besserung war dadurch bedingt, dass er durch die Wälder streifte, Tieren den Kopf abhackte und ihnen die Augen entfernte. Die Augen steckte er sich in den Mund. Wenn ihn die Eltern fragten, was er da lutschte, log er, große Weintrauben in den Wangentaschen zu haben.

Medusa liebte besonders das dezente Knackgeräusch, das die Augen machten, wenn er sie letztendlich zerbiss.

Als Medusa fünfzehn war, gab es in Detroit beunruhigende Nachrichten. Ein enthaupteter Junge war im Wald entdeckt worden. Medusa lutschte gerade auf seinen Weintrauben herum, als er mit seinen Eltern im Wohnzimmer saß und sie gemeinsam die erschreckenden Nachrichten im Fernsehen verfolgten. Der Junge hatte in der derselben Straße gewohnt, wie die Stensons. Jimmy war ein fröhlicher Junge, mit seinen fünf Jahren ein aufgewecktes Kind. Während Mrs. und Mr. Stenson auf den Fernseher starrten und besprachen, ob sie bei den Eltern des Jungen vorbeigehen sollten, genoss Medusa das Knackgeräusch, das Jimmys Augen in seinem Mund machten. Jetzt war er endlich in der Lage, Kindern und Gleichaltrigen in die Augen zu schauen.

Mit achtzehn zog Medusa von zu Hause aus, bezog eine kleine Ein-Zimmer-Wohnung in der Nähe und fing eine Ausbildung zum Automechaniker an, die er nach drei Jahren erfolgreich beendete. In dieser Zeit fand man zwei weitere enthauptete Kinder im Wald. Die Köpfe hatte er in einem Krematorium entsorgt, das er mit vierzehn entdeckt hatte. Mit einem Dietrich hatte er sich immer nachts Zutritt zu den Öfen verschafft.

Mit dreiundzwanzig lernte er Elle kennen. Er hatte immer wieder Probleme damit, ihr in die Augen zu schauen, vor allem beim Sex. Das änderte sich schlagartig, als wieder zwei enthauptete Kinder im Wald gefunden wurden.

Nach einem Jahr trennte er sich von Elle und zog nach Los Angeles, wo er sofort einen Job in einer großen Werkstatt fand. Das FBI war ihm seit Jahren auf den Fersen.

Als er fünfunddreißig war, stürmte ein Swat-Team seine Wohnung. Alle Wände waren mit Augen bemalt.

Marie hatte wieder eine ihrer wöchentlichen Sitzungen bei Professor Andrews.

»Marie, Sie sehen nicht gut aus!«

»Mir geht es auch nicht gut.«

»Was ist passiert?«

»Wer ist Medusa?«

»Medusa? Tja, Sie wissen, dass ich Ihnen zu anderen Patientinnen und Patienten nichts sagen darf.«

»Das weiß ich.«

»Hat er Sie bedroht oder ist irgendetwas vorgefallen?«

Marie berichtete Andrews von der Zeichnung.

»Marie, ich verstehe, dass Ihnen das Angst macht. Ich werde das FBI kontaktieren, damit die einmal schauen, ob es irgendeine Verbindung zwischen Medusa und Lord Bunny gegeben hat.«

»Was hat er getan?«, versuchte es Marie erneut.

»Marie, ich kann Ihnen dazu nichts sagen. Vielleicht

beruhigt es Sie, wenn Sie wissen, dass er schon in einem Monat auf eine andere Station verlegt wird. Die befindet sich auf der anderen Seite des Geländes in fast dreihundert Metern Entfernung.«

»Das ist schon einmal gut zu wissen«, sagte Marie etwas erleichtert.

»Marie, was machen die Albträume?«

»Eigentlich sind sie in den letzten zwölf Monaten fast verschwunden gewesen und jetzt sind sie mit voller Wucht wieder da.«

»Ist das verwunderlich?«

»Nein, Professor Andrews.«

»Falls es Sie etwas beruhigt – von Medusa geht keine Gefahr für Sie aus. Wie Sie sich vorstellen können – nachdem Sie die Zeichnung gesehen haben – hat er spezielle Obsessionen.«

»Ja, ich ahne auch, was das sein könnte.«

»Sie sollten jedoch auf keinen Fall mit ihm sprechen«, warnte Andrews.

»Ja, einverstanden.«

In der Nacht wachte Marie nach einem Albtraum wieder schweißgebadet auf. Sie erhob sich und wusch ihr Gesicht. Dann stellte sie sich vors vergitterte Fenster und betrachtete den Vollmond. Sie schätzte Professor Andrews. Dennoch musste sie mit Medusa sprechen.

Am nächsten Vormittag, es war ein Samstag, saß Marie im großen Aufenthaltsraum und betrachtete Medusa. Er erhob sich und kam langsam auf Marie zu.

»Darf ich mich setzen?«, fragte er sehr höflich.

»Ja«, antwortete Marie mit leicht zitternder Stimme.

»Ich habe das Gefühl, dass du mich beobachtest«, begann Medusa.

Er hatte eine sehr angenehme Stimme und war ein attraktiver Mann, der jedoch sehr verbraucht aussah. Tiefe

Falten durchzogen sein Gesicht. Mit seinen dunklen Augen fixierte er Marie. Von ihnen ging etwas Faszinierendes und Bedrohliches aus. Er schaute wie ein Mann mit stark beeinträchtigtem Geisteszustand. Gleichzeitig war da etwas Hypnotisches in seinem Blick, dem Marie sich kaum entziehen konnte. Kurz musste sie an Charles Manson denken.

»Ich heiße Medusa«, sagte er.

»Marie.«

»Marie, du beobachtest mich seit einiger Zeit.«

»Ja, das stimmt.«

»Ah, hast du denn irgendwelche Erkenntnisse gewonnen aus deinen Beobachtungen?«

»Ich habe mich über deine Zeichnung gewundert.«

»Ah, gewundert. Hm, ist es nicht eher so, dass es dir Angst gemacht hat? Wie kommt es aber, dass die Witwe des ehrenwerten *Evil Dead*-Killers Angst verspürt? Wie kommt es, dass sich die Frau, die Lord Bunny getötet hat, durch eine alberne Zeichnung verunsichern lässt?«, fragte Medusa.

»Wer bist du?«

»Ah, eine gute Frage. Ich bin Medusa, der Seher.«

»Was hast du getan?«

»Ach, Marie, du bist eine intelligente Frau. Du hast die Zeichnung gesehen. Du weißt, was ich getan habe.«

»Ja, ich befürchte schon. Du hast Kinder getötet und ihre Augen gegessen.«

»Gegessen klingt so banal. Sagen wir, die Kinder haben mir ihre geistige Stärke zur Verfügung gestellt«, korrigierte Medusa.

»Woher kennst du Lord Bunny?«

»Ah, der berühmte Lord Bunny!«

»Woher kennst du Lord Bunny?«

»Ich kenne ihn nicht.«

»Woher kennst du Lucien?«

»Den ehrenwerten Lucien, besser bekannt unter dem

wunderbaren Namen *Evil Dead*-Killer, kenne oder kannte ich auch nicht.«

»Wer bist du?«, fragte Marie erneut.

»Ich bin einfach nur ein bescheidener Diener. Ich bin ein Partikel in diesem Universum, das voller Demut alles beobachtet. Ich beobachte die Sünden und die Schwächen der Menschen. Ich beobachte ihre Verletzlichkeit, ihre Unvollkommenheit, ihre Begierden. Ich beobachte, wie sie tagtäglich ihr Dasein fristen. Geburt, Schule, Arbeiten, Essen, Ausscheiden, Lieben, Ficken, Kindererziehung, Sterben.«

»Du bist einfach nur arrogant und schwer gestört«, widersprach Marie.

»Ah, arrogant. Das sagt also eine Frau zu mir, die Richterin und Henkerin gewesen ist.«

»Was ich getan habe, versuche ich nicht, mit einer Pseudophilosophie zu rechtfertigen. Das Universum hat mit all dem ebenfalls nichts zu tun.«

»Ah, das Universum. Niemand macht sich wirklich Gedanken um das Universum. Alle starren immer voller Sorgen auf ihren erbärmlichen Alltag. Und wenn die Menschen etwas übers Universum erfahren würden? Wenn uns tatsächlich die Geheimnisse des Universums eröffnet würden, wären wir gar nicht fähig, sie zu verstehen. Wir wären ja nicht einmal fähig dazu, sie mit unseren fünf Sinnen wahrzunehmen«, erklärte Medusa.

»Wir beide haben unsere Strafe erhalten. Wir müssen Jahre in diesen Gängen verbringen.«

»Ach, Marie, du machst nicht den Eindruck, als würdest du das alles hier als Strafe erleben. Außerdem hast du Professor Andrews an deiner Seite«, erklärte Medusa.

Marie versuchte gar nicht mehr zu verstehen, woher Medusa all diese Dinge wusste. Er hatte seine Quellen und sich wahrscheinlich seit Jahren für alle Grausamkeiten interessiert, die sich ereignet hatten und mit ihnen beschäftigt. Nur so konnte Marie es sich erklären. Er war ein Besessener!

»Mit wem sprichst du eigentlich, Medusa? Wer nimmt dir die Beichte ab, damit du dich erleichterst?«, fragte Marie.

»Ah, Beichte und Erleichterung, das sind Dinge, die mich nicht interessieren. Ich bin ein Diener, aber kein Sünder. Ich habe jemanden, dem ich mich anvertrauen kann.«

»Und wer ist das?«

»Es ist der Mann, der sein Zimmer neben meinem hat. Wir sprechen regelmäßig miteinander. Es gibt ein kleines Loch in der Wand. Ich klebe es immer wieder mit Kaugummi zu und hänge ein Bild darüber.«

»Wer denn?«

»Er lebt seit über zwanzig Jahren in diesem Zimmer und verlässt es nie. Der einzige, mit dem er spricht, ist Professor Andrews.«

»Seit über zwanzig Jahren?«, fragte Marie erstaunt.

»Ja, er ist ein Heiliger und mein Mentor. Dass ich für ein paar Monate mein Zimmer neben ihm haben darf, ist eine große Ehre für mich. Er ist der einzige Mensch, der mich versteht.«

»Wie heißt er?«

»Mr. Phantasma.«

Marie wurde kreidebleich. Sie zitterte und ihr wurde übel. Schweiß brach ihr aus. Doch Medusa grinste nur.

»Ah, ich wusste es. Der Name sagt dir natürlich etwas. Das habe ich mir gedacht. Es überrascht mich nicht.«

»Wer ist Mr. Phantasma?«

»Ah, Mr. Phantasma. Wer ist Mr. Phantasma? Das musst du schon selbst herausfinden. Ich muss jetzt gehen, Marie. Vielen Dank für die Unterhaltung.«

Marie zündete sich eine Zigarette an. Sie blieb mehrere Stunden auf der Couch sitzen, um sich wenigstens etwas zu beruhigen.

33. Kapitel

Marie hatte seit einer Woche kaum geschlafen. Sie stand wieder vor dem Fenster und blickte in den nächtlichen Himmel. Medusa, Lucien, Lord Bunny, Mr. Phantasma, die Zeichnung. Ihr Kopf stand kurz davor zu explodieren. In drei Wochen sollte Medusa verlegt werden. Am nächsten Tag hatte sie wieder ein Gespräch mit Professor Andrews.

»Meine Güte, Marie!«

»Ja, ich weiß, ich sehe furchtbar aus.«

»Marie, was ist mit Ihnen los?«, fragte Andrews besorgt.

»Ich habe seit einer Woche nicht mehr geschlafen.«

»Warum?«

»Wer ist Mr. Phantasma?«

Andrews holte tief Luft, stand auf und blickte lange regungslos aus seinem Fenster. So hatte Marie ihn noch nie erlebt. Schließlich setzte er sich wieder.

»Sie haben mit Medusa gesprochen«, sagte er.

»Ja, das stimmt. Ich konnte nicht anders.«

»Er hat Ihnen von Mr. Phantasma erzählt?«

»Ja.«

»Sie konnten nicht anders. Warum haben Sie sich bloß mit diesem Mann unterhalten?«

»Er ist auf mich zugekommen.«

»Sicher, weil Sie ihn bestimmt unentwegt angestarrt haben. Sie haben ihn ermutigt!«, tadelte Andrews sie.

»Wer ist Mr. Phantasma? Sie behandeln ihn!«

»Marie, wir haben schon des Öfteren darüber gesprochen, dass ich nicht über meine Patientinnen und Patienten spreche. Ich bin Psychiater und der Chefarzt dieser zwei Stationen. Ich habe viele Patientinnen und Patienten, die ich behandle. Dazu gehört seit zwanzig Jahren Mr. Phantasma.«

»Was hat es mit diesem Mann auf sich?«

»Mr. Phantasma ist ein extrem gestörter und gefährlicher Mann, der bis zu seinem Lebensende hierbleiben wird. Eigentlich gehört er auf dieselbe Station, auf die Medusa in drei Wochen verlegt wird. Vor zwanzig Jahren haben wir ihn hier aufgenommen. Damals bin ich gerade Chefarzt geworden. Wir haben geglaubt, dass er auf diese Station gehört. Im Laufe der Jahre habe ich Dinge von ihm erfahren, die jenseits aller Vorstellungskraft liegen. Es waren jedoch schon mehrere Jahre vergangen und ich war sein Therapeut. Aus irgendeinem Grund hat er mich akzeptiert. Also einigten wir uns in der Klinik auf eine Sonderregelung und er blieb hier. Dass Medusa von ihm fasziniert ist, wundert mich nicht.«

»Was hat Mr. Phantasma getan?«, fragte Marie.

»Das kann und will ich Ihnen nicht erzählen«, sagte Andrews mit leicht brüchiger Stimme. Er musste sich ein paar Mal räuspern.

»Schlimmer als das, was Lucien, Lord Bunny und Medusa getan haben?«

»Viel schlimmer. Unvorstellbare und grauenvolle Dinge!«

»Mein Gott.«

»Ja, Marie, mein Gott«, erwiderte Andrews.

»Gab es irgendeine Verbindung zwischen Lord Bunny und Mr. Phantasma?«

»Marie, ich weiß aus Ihren Einlassungen, dass Mr. Phantasma irgendeine Rolle im Leben von Lord Bunny gespielt hat. Was es gewesen ist, ist mir jedoch gänzlich unbekannt.«

»Tja, es wird wahrscheinlich immer ein Geheimnis bleiben.«

»Marie, ich befürchte schon.«

»Professor Andrews, was machen wir mit meinen Schlafstörungen?«

»Ich gebe Ihnen etwas.«

»Ja, ohne geht es zurzeit nicht.«
»Das verstehe ich, Marie.«

Ab diesem Moment war schon die bloße Kenntnis über die Gegenwart von Mr. Phantasma irgendwo auf der Männerstation und damit die Gewissheit, dass unfassbar schreckliche Dinge existierten, ausreichend, um Marie erschaudern zu lassen. Professor Andrews hatte ihr starke Medikamente gegeben, die auch notwendig waren, da sie sonst keinen Schlaf mehr gefunden hätte.

Sie zog sich zurück, traf sich nicht mehr mit Gregory und unterhielt sich nicht mehr mit Amy. Den Aufenthaltsraum mied sie.

34. Kapitel

Wie Cathys Bruder Jeff aufs Klinikgelände und dort auf die Frauenstation gelangen konnte, blieb ein Rätsel. Erklären ließ es sich nur damit, dass er wohl Cathys Schlüssel und Zugangskarte hatte nachmachen lassen.

Cathy war jetzt fünfunddreißig und arbeitete seit zehn Jahren auf der Frauenstation. Die Ausbildung und den Job selbst hatte sie sich hart erkämpft. Umso mehr zweifelte sie öfter an sich, weil sie sich immer wieder bestechen ließ und – noch viel schlimmer – mit Amy Sex hatte. Wie konnte sie sich nur mit einer Patientin, die auch noch äußerst labil war, auf eine Affäre einlassen? Ja, es war durchaus so etwas wie Liebe auf den ersten Blick und den Körper von Amy fand sie auch sehr erotisch. Dennoch waren das alles keine Gründe, um mit einer Patientin zu schlafen.

Cathy wurde in Monterey geboren, einer Küstenstadt in Kalifornien. Dort wuchs sie auf, zusammen mit ihren Eltern und ihrem Bruder Jeff. Ihr Vater war Fischer und ihre Mutter half mit, wenn der Fang bearbeitet werden musste. Cathy war eines von diesen freundlichen und schüchternen Mädchen, die keine Probleme machten, bis sie in die Pubertät kamen. Sie riss aus, trieb sich nachts herum, kiffte, klaute, schlug sich. Die Eltern fanden das alles zwar bedenklich, bekamen vieles aber auch nicht mit, da ihre Arbeit viel Zeit in Anspruch nahm.

Sie war fünfzehn, als sie das erste Mal mit ihrem Bruder Jeff schlief. Jeff war sechzehn. Sie begehrten sich und Cathy ließ alles mit sich machen. Jeff war ein Raufbold, der am Fischfang nicht interessiert war.

Mit neunzehn haute er ab. In Los Angeles dealte er und

wurde Zuhälter. Cathy stieg um auf Crack, beging Einbrüche und wurde verhaftet. Der Richter wollte sie in den Knast stecken. Cathys Anwalt erwirkte eine mehrmonatige Entgiftung und schaffte es, dass sie als nicht vorbestraft galt.

Cathy wurde stationär behandelt und schaffte es, von den Drogen wegzukommen. Anschließend wurde sie auf eine psychotherapeutische Station verlegt.

Nach der Entlassung zog sie wieder bei ihren Eltern ein, holte ihren Schulabschluss nach und absolvierte eine Ausbildung zur Krankenschwester. Ihre Noten waren hervorragend. Ihr großer Traum war immer Los Angeles – und die Arbeit in der Psychiatrie. Nachdem sie zwei Jahre in einer Klinik nahe Monterey in der Allgemeinpsychiatrie gearbeitet hatte, zog sie mit fünfundzwanzig nach Los Angeles und bekam eine Stelle auf der Frauenstation der Winslow Forensic Clinic. Sie arbeitete sich schnell ein und wurde zu einer sehr kompetenten Schwester, die sich ständig fortbildete.

Ein Jahr später klingelte Jeff nachts an ihrer Wohnungstür und alles ging von vorne los. Sie schliefen wieder miteinander. Jeff war für sie wie eine Droge. Seinen Schwanz liebte sie. Manchmal brachte er auch zwei Freunde mit und sie machten es zu viert. Cathy war alles recht. Hauptsache, sie spürte Jeff in sich. Ab und zu kam Jeff auch mit irgendwelchen Freiern an, die mit Cathy alles machen konnten. Er gab ihr zehn Prozent ab. Jeff drehte außerdem Pornos mit ihr und onanierte, während andere Männer seine Schwester vögelten. Cathy liebte es, wenn sie von anderen Männern in den Arsch gefickt, alles gefilmt wurde und sie ihrem Bruder gleichzeitig beim Masturbieren zuschauen konnte. Dass sie sich seit Jahren in einer merkwürdig masochistischen Abhängigkeit befand, war ihr nicht wirklich bewusst, obwohl sie so reflektiert war. Denn sie war ihrem Bruder hörig. Wenn sie mal einen Freund hatte, prügelte Jeff ihn krankenhausreif. Einen brachte er sogar um und warf ihn in einen Kanal.

Vor manchen Pornos koksten Jeff und Cathy auch erst einmal ordentlich. Nach dem Dreh gönnten sie sich manchmal noch eine Crackpfeife. Cathy befand sich in einer Spirale, aus der sie nicht mehr herausfand. Sie wollte es auch gar nicht.

Dann wurde Amy stationär aufgenommen und es war um Cathy geschehen. Sie wurde ihre Bezugstherapeutin und riss sich die ersten Monate zusammen. Doch eines Nachts konnte sie nicht mehr anders und beide Frauen schliefen miteinander. Am liebsten leckte Cathy Amys Möse. Davon konnten beide nicht genug kriegen.

In einem schwachen Moment erzählte Cathy Jeff davon, der ausrastete und Cathy halbe Wohnung zertrümmerte. Sie schwor, Amy aufzugeben, konnte es jedoch nicht. Von beiden war sie abhängig, von Jeff und von Amy, auch wenn sie wusste, dass das ihren Untergang bedeutete.

Cathy spielte heimlich noch in anderen Pornofilmen mit, in denen sie gewürgt, angespuckt und geschlagen wurde. Vor laufender Kamera ließ sie sich von mehreren Männern in ihren geöffneten Mund, ins Gesicht und auf den Oberkörper spritzen. Vorher nahm sie in jede Hand einen Schwanz, einen in den Mund und ließ sich gleichzeitig von zwei Männern vaginal und anal vögeln. Sie genoss nicht nur die Erniedrigungen, sondern auch die Tatsache, dass sie Jeff durch die anderen Pornofilme betrog. Sie fragte sich allerdings, wie lange sie dieses Doppelleben noch aufrechterhalten konnte. Manchmal sah sie bei der Arbeit ziemlich fertig aus. Wenn sie darauf angesprochen wurde, schob sie es auf ihre Menstruation oder ihre Migräne.

Jeff hatte sich wie jemand aus der Wäscherei angezogen. An diesem Tag hatte Cathy Nachtdienst. Jeff klingelte am

Nachmittag an der Stationstür. Vor sich schob er einen großen Wäschewagen her. Adam, einer der Krankenpfleger, öffnete ihm und ließ ihn hinein. Jeff wusste, dass es ein paar Patientinnen gab, bei denen die Tür erst um neunzehn Uhr abgeschlossen wurde. Eine von ihnen war Amy. Sie galt mittlerweile als relativ stabil. Anderen Patientinnen wurde immer nur aufgeschlossen, wenn sie irgendwelche Gruppentermine hatten oder Essenszeit war. Solche Patienten durften dann auch eine halbe Stunde vor oder nach dem Essen, so wie es bei Medusa der Fall war, in den großen Aufenthaltsraum, der stets streng bewacht wurde.

Adam ging zurück in den Stationsraum. Er wusste, dass die Mitarbeiterinnen und Mitarbeiter aus der Wäscherei ungefähr zwanzig Minuten brauchten, um die saubere Wäsche in einem extra dafür vorgesehenen Raum gegen die schmutzige auszutauschen.

Jeff wusste, wo sich Amys Zimmer befand. Sie schaute gerade aus dem Fenster, als er ihr Zimmer betrat. Er legte seinen Arm um ihren Hals und drückte zu. Amy war kurz davor, das Bewusstsein zu verlieren. Doch in diesem Augenblick verspürte Jeff ein Brennen am Rücken, als ob jemand ein Bügeleisen zwischen seine Schultern drückte. Aus dem Brennen wurde ein unerträglicher Schmerz. Er klappte zusammen und war tot. Marie, deren Zimmer direkt neben dem von Amy lag, hatte seltsame Geräusche gehört. Sie rammte Jeff ein riesiges Messer in den Rücken, das sie Tim vor einem Jahr zu ihrer eigenen Sicherheit abgekauft hatte. Da kam Amy wieder zu sich und schrie.

Zwei Pfleger versuchten Marie zu überwältigten, was nicht einfach war, da sie sich heftig wehrte. Einem rammte sie das Messer in den Oberarm. Schließlich brachten sie sie zu Boden.

35. Kapitel

Marie wachte mitten in der Nacht auf und hatte einen Brummschädel. Sie lag auf dem Boden einer Gummizelle.

Nach einer Woche kam sie zurück in ihr Zimmer. Amy ging es gut. Cathy hatte sich auf eine andere Station versetzen lassen. Was sich zwischen Jeff, Cathy und Amy genau abgespielt hatte, erfuhr niemand. Cathy erklärte, dass ihr Bruder schon immer wahnhaft gewesen sei und sich wohl in irgendetwas hineingesteigert habe. Man glaubte ihr.

Professor Andrews unterhielt sich länger mit Marie. Natürlich hatte sie Amy das Leben gerettet. Andererseits hätte sie auch Hilfe holen können und dann gab es noch das Messer und den verletzten Pfleger. Leider musste sie deshalb davon ausgehen, dass sich ihr Aufenthalt um weitere Jahre verlängern würde.

Professor Andrews setzte sich dafür ein, dass Maries Zimmer dennoch erst ab neunzehn Uhr abgeschlossen wurde. Maries Eltern und Schwestern kamen nicht mehr zu Besuch. Es war zu schmerzhaft für sie. Gleichzeitig begriffen sie Marie nicht mehr. Was Marie mit Lord Bunny angestellt hatte, war für die Familie schon schwer erträglich gewesen, und dennoch hatten sie zu ihr gehalten. Jetzt waren sie alle am Ende ihrer Kräfte angelangt. Marie nahm die Dinge so hin. Sie hatte Verständnis für alle Entscheidungen, die getroffen wurden.

Es vergingen drei Monate.

Amy klopfte an ihre Tür und kam mit einer kleinen Torte herein.

»Marie, du hast heute Geburtstag!«

»Oh, Amy, wie süß von dir!«

»Marie, herzlichen Glückwunsch zu deinem Geburtstag«, sagte Amy und weinte.

»Amy, du musst doch nicht weinen.«

»Marie, du hast mir das Leben gerettet!«

»Amy, ich hätte doch nicht zugelassen, dass Cathys asozialer Bruder dir etwas antut.«

Amy weinte erneut, als sie Cathys Namen hörte.

»Ich weiß, du vermisst sie. Aber ich glaube, dass es so besser ist«, erklärte Marie.

»Ja, du hast natürlich recht. Aber ich denke ständig an Cathy.«

»Ich weiß, meine liebe Amy.«

»Wer leckt mir jetzt meine geile Möse? Du?«

»Amy!«

»Marie, das war ein Scherz. Ich habe jetzt Ersatz gefunden«, erklärte Amy, wieder in einem verschwörerischen Ton.

»Das ging aber schnell!«, wunderte sich Marie und musste lächeln.

»Ja, es ist eine neue Patientin: Wendy. Sie ist sehr süß und steht auf mein Fötzchen.«

»Amy, das klingt gut.«

»Marie, wie alt bist du eigentlich geworden?«

»Ich bin jetzt neununddreißig.«

Amy stellte die Torte auf den Tisch, beugte sich vor, küsste Marie auf die Stirn und blickte sie an. Dann sang sie ganz leise ein kleines Geburtstagsständchen und verschwand.

Ein paar Wochen vergingen. Medusa war verlegt worden. Gregory hatte Marie auch schon seit Längerem nicht mehr gesehen, da sie weiterhin den Aufenthaltsraum mied und sich mit ihm auch nicht in seinem Zimmer treffen wollte. Sie verfiel in Lethargie, lag viel in ihrem Bett, starrte an die Decke, ließ die Tage an sich vorbeiziehen, aß nur sehr wenig, bewegte sich kaum, verweigerte den Hofgang und unterhielt sich mit niemandem. Die Einzelgespräche hatte sie weiterhin bei Professor Andrews, war jedoch zunehmend einsilbig oder starrte vor sich hin. Es hatte nichts mit ihm zu tun. Sie sah nur keinen Sinn darin, sich ihm mitzuteilen.

So verging ein weiteres Jahr.

An einem Sonntag hatte sich Edward wieder angemeldet. Es gab einen Besucherraum, der streng überwacht wurde: ein großes Zimmer, in dem sich, weit voneinander entfernt, drei Tische befanden. Edward hatte schon an einem davon Platz genommen. Nun betrat Marie den Raum und steuerte den Tisch an. Als Edward sie sah, erschrak er und hatte Tränen in den Augen.

»Liebste Marie!«, rief er entsetzt.

»So schlimm, Edward?«, fragte sie.

»Marie, es tut mir leid, dass ich gerade so reagiert habe«, entschuldigte er sich und wischte sich Tränen aus den Augen.

»Edward, es ist in Ordnung. Ich habe mich gehen lassen.«

»Marie, was kann ich für Sie tun?«

»Dass Sie da sind, ist schon eine große Hilfe.«

»Marie, Sie machen eine schwere Zeit durch. Ich bin das letzte Mal vor zwei Monaten hier gewesen. Wenn ich ehrlich sein darf, haben Sie noch weiter abgebaut. Sie essen bestimmt auch wenig.«

»Ja, lieber Edward, das stimmt.«

»Oh, Marie, wenn ich daran denke, wie Sie wieder angefangen hatten, Mut zu fassen. Damals sind Sie in den Park gegangen, haben Sport getrieben und Kelly kennengelernt. Ich habe mich so für Sie gefreut.«

»Edward, Sie sind ein lieber Freund. Das ist damals eine andere Marie gewesen.«

»Ich weiß. Sie haben sich verändert. Das ist jedoch kein Wunder. Sie sind dennoch weiterhin eine sehr attraktive Frau.«

»Ach, danke, Edward. Sie sind immer so lieb zu mir gewesen und sind es immer noch.«

»Marie, dass Sie diesen Jeff getötet haben, war doch Notwehr. Grämen Sie sich nicht.«

»Es ist nicht nur das, Edward. Es sind so viele andere Dinge.«

»Ja, ich weiß.«

Edward liefen wieder Tränen übers Gesicht.

»Edward, seien Sie nicht traurig.«

»Ich versuche es. Es fällt mir nur nicht immer leicht. Das Schlimmste in meinem Leben ist der Tod meines Mannes und Ihr Schicksal.«

»Ach, Edward. Ich habe das alles selbst verschuldet.«

»Das kann sein, dennoch macht es mich traurig.«

»Edward, Sie sollen nicht traurig sein. Feiern Sie das Leben. Genießen Sie Ihre Bücher.«

»Ach, das hätte ich ja fast vergessen. Ich habe ein Geschenk für Sie. Ich hatte es eingepackt. Wie dumm von mir! Es wurde natürlich aufgemacht und durchgeblättert. Es ist ein Buch!«

»Edward, vielen Dank.«

Er reichte ihr das Buch und sie verabschiedeten sich voneinander.

Das Buch lag eine Woche auf Maries Nachttisch, bevor sie es in die Hand nahm. Es war *Das Schweigen in der Nacht* von Kazuhiro Sawashima. Marie begann zu lesen.

Der Umstand, dass das Schweigen in der Nacht anders war als das Schweigen am Tag, machte etwas mit mir. Ich begriff, dass ich nicht so war, wie ich war. Das war der erste Schritt der Erkenntnis. Meine Bedeutungslosigkeit war nur ein Konstrukt. Meine

Existenz war jedoch auch nur ein Konstrukt. Ständig befand ich mich in der Gegenwart und in der Vergangenheit. Solange ich existierte, war ich. Existierte ich nicht mehr, dann war ich nicht mehr. Ich gab mich etwas hin, was gar nicht vorhanden war. Akzeptierte etwas, was nicht akzeptabel war. Akzeptierte mein Sein und akzeptierte es nicht. Ein Nichts war ich und war dennoch bedeutungsvoll. Auch wenn das Schweigen in der Nacht anders war als das Schweigen am Tag und es etwas mit mir machte, brachte mein Schweigen mir letztendlich nichts, weder in der Nacht noch am Tag. Schweigen konnte ich später. Es war die Zeit gekommen aufzuschreien.

Marie las weiter und verstand nur die Hälfte. Der Roman glich eher einem Gedicht, das sich über hundert Seiten in die Länge zog. Sie las das Buch innerhalb von drei Nächten, dann noch einmal. Insgesamt las sie es fünf Mal.
Alle zwei Wochen durften die Patientinnen und Patienten unter Aufsicht ins Internet. Marie suchte nach dem Autor. Doch weder das Buch noch der Autor existierten. Wie konnte das sein? Sie nahm den Roman in die Hand. Auf dem Deckel stand der Name des Verlags. Doch auch über den konnte sie nichts finden.

Nachts lag sie fortan in ihrem Zimmer und dachte über den Roman nach. Warum hatte ihr Edward gerade dieses Buch mitgebracht? *Es war die Zeit gekommen aufzuschreien.*

Einen Monat später besuchte Edward sie wieder.

»Edward, was hat es mit dem Roman auf sich?«

»Was meinen Sie damit, Marie?«

»Ein Kazuhiro Sawashima existiert nicht. Das gilt auch für den Verlag«, erklärte Marie und runzelte die Stirn.

»Ja, ich verstehe. Gut. Bevor ich als Portier in dem Haus angefangen habe, in dem Sie gelebt haben, bin ich drei Jahre der Butler eines sehr reichen Mannes in Chicago gewesen, der sich unter anderem für Kunst und Literatur interessiert hat. Manchmal habe ich ihn auf seinen Reisen begleitet.

Unter anderem sind wir zwei Wochen in Tokio gewesen. Da haben wir diesen Kazuhiro Sawashima in Kobe besucht. Er hatte Literaturwissenschaften und Kunstgeschichte studiert und eine kleine Galerie geführt. Im Selbstverlag hat er einen einzigen Roman veröffentlicht. Auflage: fünfzig Exemplare. Eines davon hat er damals meinem Chef geschenkt. Der Autor hatte sich ein Jahr vorher in einer persönlichen Krise befunden und seinem Leben durch Ertrinken ein Ende setzten wollen. Er ist mit dem Zug bis zum Meer gefahren und stand eine Weile am Strand. Als er dort in den Himmel schaute, wurde ihm etwas klar: Was es gewesen ist, weiß ich nicht. Jedenfalls ist er zurückgekehrt, hat seine Galerie eröffnet und diesen einen Roman geschrieben. Das ist jetzt zwanzig Jahre her. Er hat immer noch die Galerie in Kobe, über der er auch lebt. Mein Arbeitgeber hat mir den Roman nach seinem Tod vererbt. Und als ich nach dem Tod meines Mannes nicht mehr leben wollte, ist mir der Roman von Kazuhiro Sawashima wieder eingefallen. Ich habe ihn gelesen und alles hat sich verändert.«

»Was meinen Sie, alles hat sich verändert?«, fragte Marie.

»Ich kann Ihnen nicht sagen, was der Roman mit einem macht. Aber ich war nach der Lektüre fast wie – na ja: ein komischer Begriff – geheilt. Die Sätze von Kazuhiro Sawashima haben sich bei mir eingebrannt wie ein Mantra und ich habe neuen Lebensmut gefasst«, erklärte Edward.

»Ja, bei mir hat es eine ähnliche Wirkung.«

»Ja, erstaunlich, nicht wahr?«, unterstrich Edward.

»Kazuhiro Sawashima hat also am Strand gestanden und wollte sich suizidieren. Was hat er bloß gesehen? Warum diese Wandlung?«

»Marie, das ist eine gute Frage. Ich habe es nie erfahren, freue mich aber, dass es Ihnen geholfen hat.«

»Ja, Edward, das hat es.«

»Sehr gut, Marie.«

Marie reichte Edward schnell einen zusammengefalteten Zettel herüber. Das Überwachungspersonal bemerkte es nicht.

Zu Hause las sich Edward den Brief durch. Dann schrieb er etwas auf, setzte sich in seinen Wagen, fuhr zur Detmore Street und warf den Umschlag in einen Briefkasten vor einem verfallenen Haus. Marie hoffte, die Kontaktaufnahme mit Saturn würde immer noch so funktionieren und dass er sich weiterhin in Los Angeles aufhielt.

36. Kapitel

Marie schlief noch einmal mit Gregory, unterhielt sich länger mit Amy und führte ein letztes Gespräch mit Professor Andrews. Ein Informatiker, der Saturn noch einen Gefallen schuldig war, hackte sich ins Sicherheitssystem der Klinik. Marie war bereit und hoffte, dass alles klappen würde.

Eines Nachts schloss Saturn tatsächlich ihr Zimmer auf und kniete vor ihr nieder.

»Saturn, ich wusste, dass ich mich auf dich verlassen kann.«

Saturn nickte.

Sie gingen über den Stationsgang. Adam hatte Nachtdienst. Er saß auf einem Stuhl, war gefesselt und geknebelt. Saturn schloss die Tür auf. Beide huschten durch den Aufenthaltsraum und öffneten die Tür zur Männerstation. Dort überwältigte Saturn Dan, der trotz seiner hundert Kilo Muskeln und Kampfsportausbildung in Karate keine Chance gegen ihn hatte.

Marie und Saturn gingen weiter, öffneten die Tür von Mr. Phantasma, der aufstand und sich sofort niederkniete, als ob er sie beide erwartet hätte. Saturn überreichte Marie ein Samuraischwert, das sie Mr. Phantasma ins Herz rammte. Saturn zog es anschließend heraus und enthauptete ihn damit.

Sie setzten sich auf seine Harley, fuhren die ganze Nacht durch, überquerten einen illegalen Grenzabschnitt und kamen schließlich an Mexikos Küste an. Saturn hatte dort ein Haus gekauft.

Er kniete erneut nieder.

»Saturn, ich danke dir.«

Er stand auf, verbeugte sich, setzte sich auf sein Motorrad und fuhr davon.

Marie betrat ihr Haus, ging auf die Terrasse und blickte aufs Meer.

Von Kambies Amini ebenfalls lieferbar:

Paradies, irgendwie
Roman
2014. 170 Seiten. Paperback € 9,80
ISBN 978-3-86455-933-4

Paradies, irgendwie ist die Geschichte eines jungen Mannes, der erkennen muss, dass das Alltagsleben zerbrechlich sein kann: Familie, Drogen, Alkohol, Größenwahn, Gewalt, Lethargie, Selbstzerstörung und Verluste. Er zieht in eine andere Stadt und flüchtet sich dort in skurril groteske Innenwelten, bis er ein Mädchen kennenlernt, das sein Leben für immer verändern wird.

www.edition-fischer.de

Von Kambies Amini ebenfalls lieferbar:

Prothesenschöpfer
Roman
2018. 216 Seiten. Paperback € 11,90
ISBN 978-3-86455-737-8

In *Prothesenschöpfer* geht es um einen fünfzigjährigen Psychiater, der seinen Beruf aufgegeben hat und nur noch einen Tag im Monat arbeitet. Er ist Deutscher mit iranischen Wurzeln, ein Aussteiger, der in einem Hochhaus lebt, in einer kleinen Wohnung, am Rande von Hamburg. Eigentlich will er seine Ruhe haben, muss jedoch einsehen, dass sowohl die eigenen Innenwelten, als auch die Außenwelten nicht so einfach ignoriert werden können. So wird er immer wieder in skurrile und seltsame Kosmen hineingezogen und muss erkennen, dass es überall verschiedenste Arten von merkwürdigen und geheimen Realitäten gibt.

www.edition-fischer.de